이학영,
세상을
사랑하였네

따뜻한 공동체의 나라를 꿈꾸며

이학영, 세상을 사랑하였네

따뜻한 공동체의 나라를 꿈꾸며

이학영 지음

우리 함께 나라 사랑하세

심미안

오래 기다리며 살아왔다. 나는 언젠가 돌아가리라고. 내 일이 끝나면 돌아가리라고. 숲으로 돌아가리라고, 산으로 돌아가리라고.

그러나 이제 나는 돌아갈 시간을 기다릴 필요가 없게 되었다. 오늘 살고 있는 이곳이 바로 그 기다림의 공간이 되었으니까.

일과 쉼이 함께 공존하는 공간, 바로 수리산 자락으로 둘러싸인 아름다운 군포에 살게 되었으니까.

숲을 사랑하고 생명을 사랑하는 사람들이 아름답게 도시를 만들어가는 이곳에 살게 되었으니까.

•수리산 자락에서 꾸는 꿈

나는 산자락에서 태어났다고 들었다. 어릴 적 어머니는 늘 말씀하셨다.

"아야, 너는 저 건너 너랭이 움막에서 낳았다. 솔가지로 둘러친 움막에서 널 낳던 날, 그날 얼마나 냉갈이 많이 피웠던지 몰라. 담날 네 외증조할아버지가 소식을 듣고는 어디서 미역 한 가닥을 구해 오셨더라."

내가 어릴 때 자랐던 마을 건너편 산 중턱을 가리키며 어머니는 그렇게 말씀하셨다. 6·25 전쟁 통에 태어난 나는 피난살이 산속 움막에서 태어난 것이었다.

그래서 그랬던가, 나는 늘 높은 산줄기들을 바라보며 거기 내 탯자리가 있다고 생각하며 살았다. 어릴 적 내가 살던 마을도 하늘을 가리려고 일부러 병풍을 두른 듯한 산골짜기 좁은 분지 안에 있었다. 겨울이 올라치면 무성한 나뭇잎들이 모두 떨어지고 멀리 높은 산 능선으로 검은 나무줄기들이 쓸쓸하게 서 있는 모습을 보면서 자랐다.

고향을 떠나온 지 수십 년. 도시를 떠돌며 살아가면서도 늘, 언젠가 나는 산 아래로 돌아가리라 꿈꾸었다. 내가 내 인생을 정리할 때쯤, 숲이 우거진 산자락으로 돌아가 살리라 꿈꾸었다. 그리고 숲 속, 나무들보다 처마가 더 높지 않은 작은 집에서 살다가 조용히 사라지고 싶었다. 바위틈으로 사라지는 다람쥐처럼, 산새들처럼 조용히, 아주 조용히.

도시로 나와 살면서도 나는 늘 산으로 돌아갈 날을 꿈꾸었다. 숲이 기다리는 산으로. 도시의 번잡함이 싫고 가릴 곳 없이 툭툭 터진 넓은 길이 낯설었다. 사람을 아랑곳하지 않고 내달리는 차량들이 없는, 조금은 적적한 곳이 늘 그리웠다.

도시생활 느지막에 난 내가 찾던 그런 곳에 정착하게 되었다. 수리산 자락 아래 깃들게 되었다. 예전에 어머니가 거동할 수 없어 안산 큰누님 댁에 머물고 계실 때 가끔 군포를 지나치면서 수도권에서는 흔하지 않는 풍경을 보고는 했다. 도시 한가운데 산이 있고 논밭이 있는 곳, 주말이면 밭에 나와 채소를 키우는 사람들이 신선했다. 그때는 그런 곳에 내가 살게 될 줄을 미처 생각하지 못했다.

시민운동가 이학영이 꿈꿨던 '따뜻한 공동체의 나라 대한민국'은 결국 정치의 장에서 실천될 수밖에 없겠다는 고민이 깊어갈 무렵, 현실 정치권에서 직접 참여하여 혁신과 통합 운동에 함께하자는 요청이 있었다. 며칠간의 불면의 밤을 보낸 나는 '이 또한 내게 주어진 소명이려니' 생각하고 참여를 결정하였다. 나는 군포로 향했다. 인자한 수리산이 현실 정치의 각박함에 지친 나를 포근하게 품어줄 것이라는 기대감으로 정치인 이학영의 새 인생이 시작된 것이다.

그동안 좌우 둘러볼 여유 없이 살아왔다. 그저 식구들과 편안하게 몸 누일 집을 얻을 수만 있다면 행복으로 알고 살아왔다. 좋은 집 나쁜 집을 가릴 여유가 없었다.

그러다가 군포에 와서 다행히 수리산 자락 아래 둥지를 틀 수 있게 된 것이다. 도시로 나와서 몇십 년 만에 처음으로 산 아래 살게 된 것이다. 바로 문만 열면 창문 밖에 산자락이 보인다. 마음만 먹으면 저녁을 먹고 바로 뒷문으로 나가면 산이다. 거실에 앉아 있으면 숲이 병풍처럼 바로 보인다. 열두 폭 병풍을 몇 개 연이어서 펼쳐놓은 것 같다. 봄에는 새부리 닮은 연둣빛 잎사귀들이 피어나 가득 봄을 알려준다. 여름이면 무성한 잎사귀들이 심산유곡에라도 온 듯 온 시야를 뒤덮어 준다. 가을이 오면 노랗고 붉은 깃털을 달고 산이 날아오를 것이다. 겨울이면 하얀 보자기를 쓰고 마실 나가는 아이들처럼 한 철을 설레게 해줄 것이다.

"여보, 절간 같지 않아?"

"그러네, 우리가 무슨 복을 지어서 이런 동네에 살게 되었을까?"

어쩌다 주말이면 아내와 둘이 해 질 녘 숲을 바라보면서 나눈 말이다. 새들이 숲으로 날아 들어오는 시간이면, 곧 해가 넘어갈 시간이 되었음을 알게 된다. 녀석들은 이 도시 어디서 하루를 지내다 오는지 커다란 참나무 위로 날아들며 온 동네를 소란스럽게 되짚어 놓는다. 이윽고 밤이 되면 둥실 산 능성 위로 달이 떠오른다. 도시가 아니고 절간이다. 이런 적막함이 좋다. 아이들이 커서 떠나간 뒤, 이제 아내와 나는 오로지 그런 숲의 변화와 적막함을 바라보며 하루를 마감한다.

돌아갈 고향이 바로 이곳이다. 산자락 아래 숲이 있고, 해가 지면 새가 지저귀며 깃들일 곳을 찾아 날아드는 곳. 나이 들면 돌아가리라 꿈꾸었던 곳이 먼 곳이 아니고 바로 이곳이다. 여기서 나는 새로운 삶을 시작하고 있다. 삶과 쉼이 공존하는 공간, 일상과 돌아감이 분리되지 않은 곳. 이젠 커서 나가 살게 된 아이들도 주말이면 찾아온다. 도시의 번잡함과 경쟁에 지친 마음을 절간처럼 조용한 이곳에서 쉬게 한다. 아내는 아이가 올 때쯤이면, 산본역 부근에서 기다리다가 아이와 함께 젊음이 가득한 광장을 바라보며 밥을 먹거나 커피를 마시다가 아파트 사잇길로 손잡고 걷는다. 아파트와 숲이 낯선 존재가 아니라 오래된 이웃처럼 잘 어우러진 숲길을 걸어 돌아온다.

"어때? 예쁘지? 이런 길, 난 유럽에서도 보지 못했어. 가로 수가 하늘을 가려 푸른 터널 속으로 마을버스가 지나가는 그런 예쁜 길을 말야."

딸에게만 해주고 싶은 이야기가 아니다. 누구한테 건 말한다. '우리 동네가 아마 수도권에서 가장 아름다울 걸? 아파트 안에 숲과 산이 있는 동네 봤어? 문만 열면 바로 산이 보이는 동네 봤어? 문 열고 나가면 바로 산길로 올라갈 수 있는 그런 동네 봤어? 거기 약수가 나와. 아침이면 운동 나왔다가 약수를 마실 수 있는 그런 동네야. 어디냐고? 수리산이라고 들어봤어? 수락산이냐고? 아니야. 수리산이야. 다음에 한적하게 숲길을 걷고 싶으면 찾아와. 수리산역이라고 있으니 검색해봐. 산책하듯 한나절 행복하게 걸을 수 있을 테니까.'

오래 기다리며 살아왔다. 나는 언젠가 돌아가리라고. 내 일이 끝나면 돌아가리라고. 숲으로 돌아가리라고, 산으로 돌아가리라고.

그러나 이제 나는 돌아갈 시간을 기다릴 필요가 없게 되었다. 오늘 살고 있는 이곳이 바로 그 기다림의 공간이 되었으니까. 일과 쉼이 함께 공존하는 공간, 바로 수리산 자락으로 둘러싸인 아름다운 군포에 살게 되었으니까. 숲을 사랑하고 생명을 사랑하는 사람들이 아름답게 도시를 만들어가는 이곳에 살게 되었으니까. 이제 주말이면 아이들이 돌아오고, 해가 지면 아내가 지저귀며 날아드는 새들을 바라보며 기다려주는 수리산, 그 자락 아래 순하고 착하게 살아가는 사람들이 오순도순 살아가는 그런 마을에 깃들게 되었으니까.

이곳에서 있는 듯, 없는 듯, 아내와 함께 이웃과 함께 아름답게 살고 싶다.

2015년 10월

이학영

차례

프롤로그 수리산 자락에서 꾸는 꿈 • 08

제1부 빼아픈 청춘의 날들

새로운 세상을 꿈꾸며 • 22
어리버리한 시골뜨기의 대학생활 • 30
운명, 알 수 없는 시대라는 운명 • 44
인생의 변곡점, 문리대 학생회장이 되다 • 57
나는 국가를 고문실에서 만났다 • 68
감옥은 나의 학교 • 84
험한 세상 속으로 • 100
엠네스티와의 인연과 노동운동의 꿈 • 116
다시 국립 감옥으로 유배되다 • 129
감옥에서 쓴 시 • 151

제2부 YMCA에서 시민을 만나고

두 번째 출소와 귀향 • 168
새로운 세상, 순천 YMCA를 만나다 • 179
시민운동에 땀 흘리며 결혼도 하고 • 186
6월항쟁이 쓸고 간 도시, 새로운 바람이 일다 • 200
'전남 동부지역사회연구소' 를 만들다 • 212
'양김' 의 분열, 나는 아팠다 • 220
지방선거와 시민정치운동 • 235
다시 시작한 YMCA 생명평화운동 • 242
지리산으로 귀향 • 260

제3부 군포에서, 시민의 정치를 꿈꾸다

정치, 매섭게 시작한 출발 • 272

아름다운 마을 군포에서 착한 정치를 • 278

시민이 주인인 정치를 하고, 시민의 심부름꾼이 되자 • 284

아무도 가르쳐 주지 않는 국회의원의 길 • 289

이 시대 '을' 들을 위한 활동 • 296

아담한 보행자 중심의 도시, 군포 • 303

시민의식과 정체성이 살아 있는 도시, 군포 • 306

지역의 복지총량 확대와 일원화된 복지 돌봄 시스템 • 312

지속가능한 지역에너지 체제를 만들어야 한다 • 316

사람이 행복한 군포시를 꿈꾸며 • 318

에필로그 내 안에 뜨거운 불꽃 하나, 환희의 아침을 기다리며 • 325

힘들 때는 차라리 어린 날로 돌아가고 싶을 때가 있었다. 어릴 때, 아직 세상을 알지 못했을 때, 그때가 행복했다. 밤이면 등잔에 불 켜고 어머니 이야기를 들으며 자랄 때, 내가 본 세상이 눈앞에 펼쳐진 산줄기 능선을 넘지 않았던 그 무렵이 행복한 시절이었다.

제1부

뼈아픈 청춘의 날들

• 새로운 세상을 꿈꾸며

나는 늘 행복한 세상을 꿈꾸었다. 내 어머니, 내 가족들과 굶주리지 않고, 전쟁의 공포를 느끼지 않고 살아갈 수 있는 그런 세상을 꿈꾸었다. 그러나 이미 한 인생을 살아버린 나는, 이제 그런 꿈을 꾸는 것이 얼마나 어렵고 무모한 일인가를 깨닫게 되었다.

막 세상에 첫발을 내디뎠을 때, 나는 도화지처럼 환한 세상을 꿈꾸었다. 거기 갓 피어난 유채꽃처럼 연노란 세상이 기다리고 있을 것이라고 생각했다. 그러나 한참을 지나 거친 세파를 견디면서 순백의 도화지도 현미경으로 들여다보면 그 속에 얼마나 수많은 거친 섬유질들이 얽혀 있는가를 알게 되었다.

세상이 그랬다. 내가 어린아이의 눈으로 세상을 볼 때는 행복했지만, 그 안에 얽혀 있는 수많은 욕망과 갈등을 보기 시작하면서 세상도 삶도 행복하지 않다는 것을 깨닫게 되었다.

돌아보니 내 인생은 그것을 점점 더 구체적으로 깨달아가는 길이었다. 욕망이 거대한 수레바퀴처럼 밀고 가는 세상 한가운데서 순응하고 적응하는 한, 인류는 영원히 절망할 수밖에 없다는 것을 깨달아가는 과정이었다.

새로운 세상은 어디에 있을까? 하늘에 있을까? 마음속에 있을까? 어디로 가서 행복을 찾을 수 있을까? 내 어머니, 내 아내, 내 자식들과 함께, 내 정겨운 이웃들과 함께 내일을 걱정하지 않고 오순도순 살아갈 수 있는 세상은 어디에 있을까? 많은 것 아니어도, 나날이 일용할 양식을 걱정하지 않고, 비바람과 추위를 가릴 수 있는 집과 아플 때 걱정 없이 아픔을 치유할 수 있는 그런 세상은 없을까?

거친 세파를 겪으면서 내내 내 머릿속을 사로잡는 생각은 오직 그뿐이었다. 왜 그것이 힘들까? 해마다 경제는 성장하는데, 해마다 나라는 발전하는데 왜 수많은 사람들은 여전히 먹을 것, 입을 것을 염려해야 하는가? 왜 많은 사람들이 스스로 절망하며 목숨을 끊을까?

그런 생각을 할 때마다 무력감이 엄습했다. 내가 너무 많이 알아버린 것은 아닌가, 아는 것이 오히려 병이 된 것 아닌가 자책하기도 하였다. 차라리 고향집을 떠나오지 않았더라면, 차라리 세상 물정을 보지 않고 몰랐더라면, 지구상에서 행복지수가 높다는 히말라야 산맥 속, 부탄이라는 나라의 국민처럼 더 행복하지 않았을까?

힘들 때는 차라리 어린 날로 돌아가고 싶을 때가 있었다. 어릴 때, 아직 세상을 알지 못했을 때, 그때가 행복했다. 밤이면 등잔에 불 켜고 어머니 이야기를 들으며 자랄 때, 내가 본 세

상이 눈앞에 펼쳐진 산줄기 능선을 넘지 않았던 그 무렵이 행복한 시절이었다.

봄이 오기 전에 쌀이 떨어지긴 했지만 굶어죽지는 않았고, 춥기는 했지만 얼어 죽지는 않았다. 어린 날, 읍내 장터를 벗어나지 못했던 내 세상은 그런대로 행복한 곳이었다. 미래의 불안도, 세상에 대한 공포도 없던 시절이었다. 그저 나도 어른이 되면 들판에 나가 일하거나 아니면 공무원 시험을 보거나 해서 내 가족을 먹여 살릴 수 있으면 행복한 삶이 되리라 생각했다.

고등학교를 졸업하고 고향을 떠나면서 나는 전혀 다른 도시라는 세상 속으로 떠밀려와 버렸다. 무언가 새로운 희망을 가지고 떠났을 텐데 처음부터 허우적거리기 시작했다. 가난의 실체가 보이기 시작했고, 세상 속에 내가 쉽게 적응할 수 없을 것이라는 불안한 예감이 나를 주눅 들게 했다.

어려서부터 별로 말이 없던 나는 점점 더 자신감을 잃고 말이 없어졌다. 대학생활은 내가 어떤 처지에서 살아가고 있는지 바로 보게 해주었다. 화려한 도시 속에서 내 가족들의 모습이 보이기 시작했다. 그럴수록 내 가족을 먹여 살려야 한다는 사명감에 오로지 공부만 파고들었다. 어떻게든 졸업하고 나서 공무원이나 교사가 되어 가난에 허덕이는 내 어머니, 동생들을 살려내야 한다는 생각을 하였다.

그러면서도 젊다는 것 하나만으로도 그런대로 행복한 시간들도 있었다. 헤르만 헤세의 소설, 릴케의 시를 읽으며 시인이 되기를 꿈꾸던 청춘이 있었고, 나만 열심히 노력하면, 나만 열심히 공부하면 더 나은 미래가 주어질 것이라고 생각했으니까. 세상은 어떤 어려운 일이 있어도 내가 하기 나름이라고 생각했으니까. 내 노력에 의해서, 내 힘으로 내 운명, 내 미래를 바꿀 수 있으리라 믿었으니까.

그러나 얼마지 않아 그런 믿음이 송두리째 무너지는 일을 겪게 되었다. 불행의 시작이었다.

1974년 4월, 눈이 유독 많이 내렸던 겨울이 지나고 새봄이 되었다. 나는 대학 4학년이 되었고 대학생으로서 마지막 봄을 알 수 없는 희망과 기대로 맞이하고 있었다. 당시는 전혀 알지 못했다. 곧 거대한 폭풍이 내게 밀어닥칠 것이라는 것을. 내가 몰랐던 전혀 다른 거대한 힘이 내 운명을 휘어잡고 내동댕이칠 수도 있으리라는 것을. 내 개인의 힘, 의지, 꿈같은 것 얼마든지 짓밟혀버릴 수 있다는 것을 예측하지 못했다.

그해는 내가 대학 4학년을 맞는 때였다. 한 해만 잘 마치면 드디어 대학을 졸업하고 가족들의 고생도 끝나는 해였다. 어머니는 당시 고향집을 떠나와 광주시 변두리 포도농장에서 품팔이를 하며 나를 가르치던 때였다. 동생들은 아직 중학생, 고등학생이어서 내가 빨리 돈을 벌어야만 했었다. 그랬기에 문리대

학생회장을 하면서도 공부만은 열심히 하였다. 그러나 시절은 내 인생의 계획, 내 가족들의 꿈을 그대로 놔두지 않았다.

4월 3일, 박정희 대통령의 긴급조치 4호가 발표되면서 나는 내 스스로 제어할 수 없는 거대한 시대의 격랑 속에 내동댕이 쳐져 버렸다. 바로 며칠 후면 내가 그 긴급조치에 의해서 경찰에 체포되고 구타와 고문을 당하고 감옥으로 끌려가고 군사법정에서 실형을 선고받으리라는 것을 어찌 알았겠는가. 그 결과 동화 같은 세상은 없다는 것, 청춘이 채 피기도 전에, 헤르만 헤세와 릴케를 다 읽기도 전에 시인이 되기를 꿈꾸었던 청춘이 짓밟히고, 너무도 빨리 무지개 피어나는 낭만주의를 건너뛰어 아수라 같은 리얼리즘의 세계로 나아가야 한다는 것을.

사소한 개인의 꿈과 행복이 어떻게 거대한 세상의 힘에 의해서 짓밟혀버릴 수 있는지 나는 너무도 일찍 겪어야 했다.

•어리버리한 시골뜨기의 대학생활

1971년 봄, 전남대학교를 입학하고 대학을 가겠다고 하자, 어머니는 쌀 한 말을 이고 면사무소가 있는 탄금리 고갯마루까지 따라오셨다.

“이것 한 말밖에 줄 수가 없다. 한 달에 한 말씩은 줄게 니가 알아서 다녀.”

논 여섯 마지기 농사로 대학을 보낸다는 것이 엄두가 나지 않았던 어머니가 아들에게 해줄 수 있는 것은 한 달 양식 쌀 한 말이 다였다. 그리고 광주 시내 변두리 말바우에 작은 방 하나 얻어주고 서방시장에 들러서 검게 물들인 작업복 한 벌 사준 것이 전부였다. 이제부터 나는 혼자서 학교를 다녀야 했다.

젊었던지라 양식으로 쌀 한 말은 늘 부족했다. 친구들이라도 들러서 한두 끼 먹고 가면 그만큼 내 밥이 부족했다. 그럴 때면 나도 친구들 집으로 끼니를 때우려 돌아다녀야 했다. 당시 시골에서 나처럼 광주에 나와서 시험을 준비하거나 학교에 다니는 친구들이 더러 있었기 때문이었다. 도시락을 싸려고 해도 반찬이 없으니까 왜간장을 도시락 위에 뿌려서 학교에 가지고 갔다. 간장에 퉁퉁 불은 밥을 차마 친구들 앞에서 먹을 수가 없어 따로 먹기도 하였다.

하룻날은 비가 왔는데 당연히 우산도 없던 시절이라 교실에 들어가려고 보니 발등에 검은 물이 줄줄 흐르고 있었다. 화장실에 들어가서 보니 온몸이 검은 작업복의 물이 빠져 시커멓게 물이 들어 있었다. 결국 그날 첫 수업은 몸을 말리느라 화장실에서 지낼 수밖에 없었다.

더욱 힘든 것은 내가 쉽게 새로운 친구들을 사귀지 못한다는 점이었다. 시골에서 올라가 아무도 모르는데 막상 학교에 가니 쉽게 어울릴 수가 없었다. 나는 그저 혼자였다. 술을 마실 줄도 모르고 그저 혼자 학교를 왔다 갔다 하였다. 교과서도 다 살 수가 없었다. 너무 비쌌기 때문이다. 나중에 친구가 된 서상준과는 함께 책을 나누어서 사서 시험 때면 돌려보며 공부를 하였다. 모두 가난한 시절의 이야기다. 그래서 학교를 그만두려고 하였다. 견디기 힘들었다. 어쩌면 세상에 나와 내가 처음 당한 시련인 셈이었다.

그런 어려움에서 나를 구원해준 것은 '7·1학회' 언어학 공부모임이었다. 당시 학부 1학년생은 모두 교양학부로 함께 수업을 하였다. 3반까지 고등학교처럼 반을 나누었는데 대부분 여학생들이었다. 문학부에는 남학생들은 1/4 정도였다.

그때 담임선생님은 영문학과의 이환묵 교수님이었는데 삼십 대 초반으로 학문에 대한 열정이 대단한 분이셨다. 언어학이 전공이었는데 언어학의 초기이론인 구조주의 이론부터 최근의 이론인 노엄 촘스키 교수의 '변형생성문법이론' 까지 열정적으로 공부를 하신 분이었다.

이환묵 교수님께서는 신입생들 중에서 당신과 함께 언어학을 공부할 학생들을 모으셨다. 영문과와 국문과 학생들이 몇 명이 모여서 공부를 시작하였다. 사실 나는 영어실력이 부족하여 원서강독을 하는 모임에 들어간다는 것이 어림없는 일이었지만 아마 교수님의 특별한 배려로 들어가게 되었을 것이다.

고등학교 시절 나는 영어공부를 제대로 하지 못했다. 농업학교여서 일주일에 세 시간씩 영어시간이 있었지만 선생님이 안 계신 경우도 있고, 내가 열심히 하지 않은 탓도 있어서 도무지 대학영어를 따라갈 수가 없었다. 처음 대학에 가서 날마다 교양영어 준비를 하느라 온종일 씨름을 할 수밖에 없었다.

첫 수업이 제임스 조이스의 『더블린 사람들』이었는데 열심히 단어를 찾아도 제대로 해석이 안 되어 수업시간에 혼이 났던 기억이 생생하다. 더 어려웠던 것은 난생 처음 경험하는 듣기 시험이라는 것이었다. 비슷한 영어 단어를 들려주고 구분하게 하는 것인데, 유성음인지 무성음인지 구분하는 것들은 정말 쉬운 일이 아니었다.

교수님은 매주 원서강독 숙제를 내주었다. 그리고 일요일이면 학동에 있던 일본식 선생님 댁 거실에 앉아 도시락을 먹으며 책을 읽었다. 가끔은 무등산을 올랐다. 우리는 일본어 학원

에 함께 등록하여 일본어를 공부하기도 하였다. 일본어 원서를 읽기 위해서였다. 또 희랍어를 배워야 한다며 희랍어 알파벳을 배우기도 하였다.

그 어려웠던 시절에도 선생님께서 여행을 좋아하셔서 가끔 여행을 하기도 하였다. 여수까지 내려가서 배를 타고 남해 상주해수욕장에 갔던 일, 쌀자루, 간장통까지 매달고 백담사를 거쳐 설악산, 오대산까지 다녀오기도 하였다. 그렇게 2년 정도 세월을 보내고 나니 제법 대학생활에 익숙해졌다. 그렇게 어렵던 영어도 제법 독해가 가능해졌다. 선생님은 우리에게 공부하는 법을 가르쳐 주셨다.

이환묵 교수님, 배영남 교수님 두 분 지도교수의 덕으로 나는 우직하게 책을 읽는 법을 배운 셈이었다. 배영남 교수님은 돌아가셨지만 이환묵 교수님은 지금도 가끔 제자들과 산에도 다니신다.

훗날 이환묵 교수님께서는 늘 나를 염려해주셨다. 제대로 대학을 다니지 못하고 세상에 휩쓸려 살아가는 내가 안타까우셨던 것이다. 언젠가 내가 순천Y에서 근무할 때 순천에 오신 적이 있었다. 세상 사느라고 자주 연락도 못 드리고 살던 터에 오셔서 뵈었더니 내게 물으셨다.

"어이, 지금 어찌 산가?"

내가 당신의 뜻대로 언어학자의 길로 가지 못함을 안타까워하시며 묻는 질문이었다.

"뭐, 아이들도 잘 크고 굶지 않고 삽니다."

그랬더니 하시는 말씀이

"그래, 고생했네. 살아보니 다 그게 그거야. 자식 낳고 밥 굶지 않고 살면 되었네."

하셨다. 당시 시국이 대학생들이 공부만 하기엔 어려운 시절이었음에도 나는 선생님과 함께 좋은 대학 시절을 보냈다. 열심히 공부할 수 있었으니까

대학교에 들어가자마자 언어학 공부를 시작했으나 국문과 친구들과 만나면 아무래도 문학 이야기가 중심이 될 수밖에 없었다. 이미 고등학교 시절부터 문예반을 거치면서 글쓰기를 했던 친구들도 있어서 그들의 문학 이야기들이 시골내기인 나에겐 어렵게만 들렸다. 중고등학교 교과서의 시에 대한 분석이 어렵듯이 평론 또한 그랬다. '야, 시가 이렇게 어려운 것이구나, 아무렇게나 운문으로 쓴다고 시라는 게 아니구나' 하는 생각이 들었다. 겨우 소월의 시를 읽고 시인이 되고자 했던 나로서는 시가 점점 어렵게만 생각되었다.

그러나 당시 나는 문학작품들을 열심히 읽었다. 소위 고전이라 할 만한 작품들을 읽지 않고서는 학교를 다닐 수 없었기 때문이었다. 서양고전이라 할 수 있는 그리스 로마신화, 셰익

스피어의 대작들, 그리고 스탕달, 빅토르 위고, 안톤 체홉, 찰스 디킨슨, 톨스토이, 도스토옙스키, 푸시킨, 헤밍웨이, 존 스타인 벡 등등. 한국문학은 중고등학교 때 학교 도서관에 있던 한국문학전집을 읽었던 터라, 손창섭 등 1960년대 작가와 정을병, 이문구, 방영웅 등 젊은 작가들의 작품을 읽었다. 방학이 되면 무조건 도서관에 가서 서양사, 동양사 등 두꺼운 책으로 골라서 한 보따리씩 싸들고 시골로 돌아갔다. 그러나 방학이 끝날 무렵이면 다 못 읽고 다시 가지고 돌아가기 일쑤였다. 시골 생활이 책만 읽게 하지는 않았다.

당시 읽었던 책들 중에 내 감수성을 부드럽게 쓰다듬어 주었던 책들로는 릴케와 헤르만 헤세의 작품들이 아직도 기억에 아련하다. 특히 헤르만 헤세의 『향수』등 청년 시절을 다룬 이야기들은 줄거리는 잊었지만 감미로웠던 느낌만은 아련하게 남아 있다.

그러던 중에 내 첫 시가 학보사 백일장에 당선되었다. 「계룡갑사」란 제목의 시였다. 내가 대학생이 되어 처음으로 친구와 함께 갔던 계룡산 갑사의 기억을 시로 쓴 것이었다. 나에게는 문학으로 인도하는 첫 계기가 되는 작품이어서 지금도 소중하게 간직하는 작품이다.

계룡갑사

계룡 갑사 아침 나절 법당 뜨락에
둥그런 미소가 금을 둘렀다
돌계단에 조으는 어린 상좌는
금 안에 현란한 꿈을 꾸고 있다.

— 계룡산 정감록 천년 도읍지
땅에 묻혀 못다 한 지신의 정기
돌 틈 새, 풀포기 새 흘러 들어와
한바탕 땀으로 어우러지고 있다
뛰며 날고 돌며 나는 삼백 나한들
가사 벗은 비구니며 젊은 비구승

얽히고설키어 춤추며 돈다

이윽고 종소리 단청을 치자
별처럼 쏟아지는 꽃송이들
뜨락에 가득한 꽃송이들 –

이제는 빈 해바래기 대웅전 앞
조을던 상좌 아이 가버린 뒷자리에
부처님의 미소가 내리고 있다
용머리 너머로 내민 햇살들이
둥그런 미소 안에 모여들고 있다
모여 와 모두들 춤을 추고 있다.

당시로썬 여행이란 것이 일반화되지 않아서 무전여행이라고 달랑 차비 정도 들고 돌아다닌 경우가 있었다. 1학년이 다 가던 늦가을에 친구 서상준과 송정리에서 밤차를 타고 무작정 위쪽으로 올라갔다. 새벽에 논산에 내려 은진미륵을 보고, 부여로 가서 낙화암과 부소산성을 둘러보고, 계룡산 갑사, 동학사를 둘러보고 왔었다.

하룻밤을 갑사 아래 골짜기에서 야영을 하였는데 다음 날 아침 일어나자 몸이 으스스 얼어 있었다. 비 맞은 얼병아리처럼 언 몸을 추스르며 올라갔더니 노란 은행나무 잎이 눈부신 절집과 대웅전 앞의 햇살이 너무 따뜻했었다. 그 풍경을 나름대로 시로 써보았는데 그것이 당선되었던 것이다.

내가 대학을 다니는 동안, 집안 살림은 굳이 보지 않아도 어떤 상태인지 가늠을 할 수가 있었다. 장정 없는 농사를 어머니와 누나가 어린 동생들을 데리고 지어야 했다.

농사는 힘센 사람들이 있어야 한다. 논과 밭을 갈고 무거운 거름과 추수한 곡식들을 지어 날라야 한다. 소로 쟁기질을 하지 못하면 결국 사람의 힘으로 괭이질을 하거나 삽으로 땅을 파야 한다. 대부분 한 동네에 쟁기질 할 소를 키우는 집이 두서너 집밖에 되지 않았다. 파종하거나 모심기 전에는 논밭을 모두 쟁기로 갈아엎어야 한다. 두서너 마리의 소가 때를 맞춰 온 동네 들판을 갈아엎으려면 하루도 쉬지 않고 쟁기질을 해

내가 대학을 다니는 동안, 집안 살림은 굳이 보지 않아도 어떤 상태인지 가늠을 할 수가 있었다. 장정 없는 농사를 어머니와 누나가 어린 동생들을 데리고 지어야 했다.

1975년 봄. 민청학련 사건으로 출옥한 뒤 순창 장터에서.

야 한다.

그러니 쟁기질 순번을 정해야 하는데 그 순번 기준이 소를 키우는 집에 가서 품앗이를 해줄 수 있는 집이거나 품삯을 제대로 줄 수 있는 집일 수밖에 없었다. 품앗이 일이란 게 힘센 사람들, 특히 남자들이 있는 집이 유리하였다. 그래서 품앗이는 아무래도 남정네들이 있는 집들끼리 먼저 하는 게 보통이었다. 일꾼이 제대로 없는 여자나 아이들만 있는 집들은 품앗이에서 뒤처지기 마련이었다. 거기다가 수확한 곡식이나 거름짐을 논밭에서 끌어들이고 내가는 일 모두 지게로 할 수밖에 없는데 지게질은 남자 아니면 할 수 없는 일이었다.

그런 사정을 잘 알기 때문에 집에 갈 때마다 죄스러운 마음이 들었다. 늦은 밤에 도착하면 어머니는 캄캄해지도록 등불을 처마에 달고 마당귀에서 무슨 일이든 하고 계셨다. 콩단을 두드리거나 깻단을 두드리거나, 어둠 속에서 혼자 일하는 어머니의 모습이 견딜 수 없도록 마음이 아팠다. 앞뜰에서 나락을 집으로 들일 때면 밤에 누나들이 지게를 빌려다가 지어 들였다. 우리 동네에서는 아낙네들이 논일을 하는 것은 상놈들이나 하는 것처럼 여겼기 때문이었다. 그때마다 어머니와 누나들에게 부끄럽고 미안하였다. 어리고 일에 익숙지 않아서 나는, 낫을 갈아도 제대로 갈리지 않고 짐을 지어도 헐떡이기 일쑤였다. 그런 일을 겪으면서 어떻게든 가족들을 힘들게 하거나 부끄럽지 않게 해야 한다는 생각, 가난하거나 병들어서 비참하게 죽어가게 해서는 안 된다는 생각이 어깨를 짓눌렀다.

당시는 건강보험제도가 없어서 우리 동네에서도 참 많은 이웃들이 병원에도 가보지 못하고 죽었다. 아프면 이웃동네 약방에 가서 약을 지어 먹거나 남원이나 광주 병원에 가서 진찰받고 큰 수술을 받아야 한다고 하면 그대로 돌아오고 말았다. 당시도 암이나 술을 많이 마셔 간경화로 죽어간 사람들이 많았다. 그런 이웃들과 친척들을 보면서 가난과 질병에서 벗어나는 일이 세상에서 가장 중요한 일이라는 것을 뼈저리게 느꼈다.

•운명, 알 수 없는 시대라는 운명

나는 국민학교에서 '우리의 맹세'[1]가 뒷면에 인쇄된 교과서로 공부를 하였고, 4학년 때 어린 여동생을 데리고 여름방학 내내 뜨거운 운동장에 앉아서 '혁명공약'[2]을 외우며 자랐고, 고등학교 때는 방과 후에 교실에 남아 '국민교육헌장'[3]을 외

---

1 대한민국 정부가 수립된 후, 문교부는 1949년 7월에 '우리의 맹세'를 제정하여 공포하였다. 그리고 모든 교과서 뒷면에 '우리의 맹세'를 인쇄하였다. 그 내용은 다음과 같다.

'우리의 맹세'

첫째, 우리는 대한민국의 아들 딸, 죽음으로써 나라를 지킨다.

둘째, 우리는 강철같이 단결하여 공산침략자를 쳐부수자.

셋째, 우리는 백두산 영봉에 태극기 휘날리고 남북통일을 완수하자.

2 1961년 5월 16일, 당시 박정희 소장을 중심으로 한 일부 군인들은 군사쿠데타를 일으켜 민주당정권을 전복시키고 5·16 군사혁명공약을 발표하며 군정을 실시하였다. 그 내용은 다음과 같다.

'5·16 혁명공약'

첫째, 반공을 국시의 제일의로 삼고 지금까지 형식적이고 구호에만 그친 반공체제를 재정비 강화한다.

둘째, 유엔 헌장을 준수하고 국제 협약을 충실히 이행할 것이며 미국을 위시한 자유우방과의 유대를 더욱 공고히 한다.

셋째, 이 나라 사회의 모든 부패와 구악을 일소하고 퇴폐한 국민도의와 민족정기를 다시 바로 잡기 위하여 청신한 기풍을 진작한다.

넷째, 절망과 기아선상에서 허덕이는 민생고를 시급히 해결하고 국가자주 경제재건에 총력을 경주한다.

다섯째, 민족적 숙원인 국토통일을 위하여 공산주의와 대결할 수 있는 실력의 배양에 전력을 집중한다.

여섯째, 이와 같은 우리의 과업이 성취되면 참신하고도 양심적인 정치인들에게 언제든지 정권을 이양하고 우리들 본연의 임무에 복귀할 준비를 갖춘다.

단기 4294년(서기1961년) 5월 16일
대한민국 군사혁명위원회

우며 사춘기를 맞았다. 나에게 대통령은 어두운 방에 붙어 있던 한 장짜리 달력 속 동그라미 안에 이승만 대통령과 대한뉴스에 나오는 박정희 대통령뿐이었다. 비록 달력이나 뉴스 속에서만 보았지만 대통령은 곧 국가였고 믿음이었고 존경의 대상이었다. 대통령은 우리 국민들을 먹여 살려주는 사람, 우리를 전쟁으로부터 지켜주는 사람이었다.

그런 대통령이 유신헌법이라는 것을 발표하고 긴급조치라는 것을 발표했다. 그 일이 내게 훗날 어떻게 무슨 일로 다가올지 그때는 전혀 알 수가 없었다. 대학생활은 그런 운명의 길로 들어가는 입구였다.

1971년 대학에 들어가던 해, 입학하자마자 시작된 교련반대

---

3 1968년 박정희 대통령은 통치이념으로 '국민교육헌장' 을 발표하였다.
'국민교육헌장'
우리는 민족 중흥의 역사적 사명을 띠고 이 땅에 태어났다. 조상의 빛난 얼을 오늘에 되살려, 안으로 자주 독립의 자세를 확립하고, 밖으로 인류 공영에 이바지할 때다. 이에, 우리의 나아갈 바를 밝혀 교육의 지표로 삼는다.
성실한 마음과 튼튼한 몸으로, 학문과 기술을 배우고 익히며, 타고난 저마다의 소질을 계발하고, 우리의 처지를 약진의 발판으로 삼아, 창조의 힘과 개척의 정신을 기른다. 공익과 질서를 앞세우며 능률과 실질을 숭상하고, 경애와 신의에 뿌리박은 상부상조의 전통을 이어받아, 명랑하고 따뜻한 협동 정신을 북돋운다. 우리의 창의와 협력을 바탕으로 나라가 발전하며, 나라의 융성이 나의 발전의 근본임을 깨달아, 자유와 권리에 따르는 책임과 의무를 다하며, 스스로 국가 건설에 참여하고 봉사하는 국민 정신을 드높인다. 반공 민주 정신에 투철한 애국 애족이 우리의 삶의 길이며, 자유 세계의 이상을 실현하는 기반이다. 길이 후손에 물려줄 영광된 통일 조국의 앞날을 내다보며, 신념과 긍지를 지닌 근면한 국민으로서, 민족의 슬기를 모아 줄기찬 노력으로, 새 역사를 창조하자.

1968년 12월 5일
대통령 박정희

운동은 나를 혼란스럽게 했다. 대학생들도 군사훈련을 받게 한다는 것을 대학의 병영화라며 학생들이 반발하기 시작했다. 문리대가 가장 민감하게 반응하였다. 막 신입생이던 우리들도 합동강의가 끝나면 전체 학생들이 모여서 교련실시를 규탄하는 토론회를 가졌다. 그러나 나는 그런 일들이 위험하게 느껴졌고 곧 사라져 공부모임으로 가곤 하였다. 행여 시위에 잘못 연루되었다가 졸업을 제대로 못하면 공무원이 될 수 없으리란 염려 때문이었다.

1971년 그해, 교련반대 학내 시위가 있었고 시위를 주도하던 동료 남학생들이 무기정학을 당해 학교를 쉬거나 군대를 갔다. 남학생들이 점점 줄어들었다. 2학년이 되던 1972년 가을에는 '10월 유신' 이 공포되었다. 대통령 직선제를 없애고 국회의원의 1/3을 대통령이 임명하고, 대통령은 통일주체대의원을 뽑아서 간선제로 선출한다는 내용이었다. 지난 대통령 선거에서 김대중 후보와 격전을 치른 박정희 대통령이 더 이상 직선제로는 대통령을 계속할 수 없기 때문에 그런 제도를 발표했다는 소문이 금방 돌았다. 지난 선거에서 김대중 후보가 이번 선거에서 자신을 당선시켜주지 않으면 대만처럼 영구총통제로 돌아갈 것이라는 선거유세에서의 예언이 그대로 맞게 된 것이었다.

'10월 유신' 이 발표되던 날, 국문과 친구들끼리 광주시 풍향동에 있던 여학생 친구 집에서 티브이로 봤던 기억이 생생하다. 그날이 바로 내 운명과도 직결되리라는 것을 그때는 전혀

아들을 뒷바라지하기 위해 광주로 나온 어머니.

시골에서 혼자 농사를 지으시던 어머니가 광주로 합류하게 되었다. 어머니는 과일행상이며, 남의 집 부엌일을 하기도 하다가 마침내 변두리 포도밭 농장집에 방 한 칸을 얻어 포도밭 일을 해주며 살고 있었다.

알지 못했다. 내 생활은 여전히 학교 수업과 방과 후, 주말에도 이어지는 언어학 학습동아리 '7·1학회' 활동으로 바빴으니까.

당시 대학생활과 도시생활에 적응을 못하고 있던 나는 학교를 그만둘까 심각하게 고민하다가 언어학 모임에 들어가 비로소 마음을 잡고 학교생활에 집중할 수 있었다. 방과 후에 그리고 매 주말마다 우리는 만나서 외국어로 된 언어학교재 독습회를 가졌다. 영어 실력이 형편없었던 나는 모임에서 강독을 하기 위해 어쩔 수 없이 끙끙대며 일주일간 읽어야 할 분량을 열심히 해석하는 게 일상의 일이 되었다.

그랬기 때문에 정치적 변화가 심해지던 1970년대 초반 대학생활을 하면서도 학습모임이라는 무풍지대 안에서 나름대로 안온한 대학생활을 보낼 수 있었다.

그러나 내 개인적인 삶은 궁핍하기 그지없었다. 내가 대학에 온 이듬해 초등학교에 다니던 막냇동생을 광주에서 가르쳐 보겠다고 데리고 왔는데 자취생활을 하면서 동생까지 함께 있는 것은 힘든 일이었다. 학교 다니랴, 밤이면 과외 아르바이트를 하랴, 어린 동생은 혼자 힘든 도시생활을 겪어야만 하였다.

결국 시골에서 혼자 농사를 지으시던 어머니가 광주로 합류하게 되었다. 어머니는 과일행상이며, 남의 집 부엌일을 하기도 하다가 마침내 변두리 포도밭 농장집에 방 한 칸을 얻어 포도밭 일을 해주며 살고 있었다. 먹고사는 일이 절박한 시절이었다. 어떻게든 빨리 대학을 졸업하는 일이 급선무였다. 그래서 동생들 공부를 시키고 집안을 먹여 살리는 일이 내가 해야 할 가장 급한 일이었다. 학교 다니고 공부하는 일 외에는 뒤돌아볼 여유가 없었다.

3학년이 되자 학교는 더욱 뒤숭숭해졌다. 개학을 했는데 지난겨울 학교 안에 간첩사건이 있었다는 소문이 돌았다. 몇몇 학생들이 끌려갔는데 어디로 갔는지 죽었는지도 모른다는 소문이었다. 얼마 되지 않아 문리대 여학생들도 잡혀갔다는 소문이 돌았다. 사학과에 다니고 있던 친구 윤강옥이 소식통이었다. 그는 일찍이 김대중 대통령 후보의 연설을 듣기 위해 학교보다 유세장을 더 많이 찾아다닌 친구였다. 당시 『사상계』나 『씨알의 소리』등의 잡지를 간간히 내게 읽어보라고 가져다주곤 하였다.

그러던 어느 날 지산동에 있는 법원으로 학생들 재판을 보러갔다. 소문으로만 돌던 간첩사건 재판을 방청하러 친구들을 따라간 것이었다. 훗날 '함성' 지 사건이라고 알려진 반유신운동을 반공법으로 다루어 간첩사건이라고 알려진 사건이었다. 당시 교사이던 박석무, 영문과 학생이던 김남주, 법대 이강, 상대 김정길 등 10여 명 이상의 학생들이 '함성' 이라는 유신반대 유인물을 만들어 뿌리려다 검거된 사건이었다. 영문과 선배 여학생들도 연루되어 재판을 받고 있었다. 무서웠다. 그들이 당했다는 고문이 어떤 것인지 확인할 수 없었지만, 알 수 없는 공포가 나를 사로잡았다.

'함성' 지 사건의 주인공이었던 김남주 학생은 이듬해 1974년 『창작과비평』이란 문학지에 다음과 같은 시를 발표하며 시인으로 등단했다. 새로운 리얼리즘 시인이 고문과 감옥 속에서 탄생했던 것이다. 이 시에는 당시 고문의 공포가 생생히 기록된 시였다.

바로 이 시를 내가 다음 해, 경찰서 유치장에서 읽게 되리라고 상상이나 했겠는가? 운명은 아무도 알 수 없다. 내일도 모레도. 격변의 시대가 한 인간을 어떻게 알 수 없는 격랑으로 휘감아 가리라고 상상이나 했겠는가?

진혼가

김남주

총구가 내 머리 숲을 헤치는 순간
나의 신념은 혀가 되었다

허공에서

허공에서 헐떡거렸다

똥개가 되라면 기꺼이 똥개가 되어

당신의 똥구멍이라도 싹싹 핥아 주겠노라

혓바닥을 내밀었다

나의 싸움은 허리가 되었다
당신의 배꼽에서 구부러졌다
노예가 되라면 기꺼이 노예가 되겠노라
당신의 발밑에서 무릎을 꿇었다
나의 신념 나의 싸움은 미궁이 되어
심연으로 떨어졌다
삽살개가 되라면 기꺼이 삽살개가 되어
당신의 발가락이라도 핥아 주겠노라

더 이상 나의 육신을 학대 말라고
하찮은 것이지만 육신은 유일한 나의 확실성이라고

나는 혓바닥을 내밀었다
나는 무릎을 꿇었다
나는 손발을 비볐다

나는 지금 쓰고 있다
벽에 갇혀 쓰고 있다
여러 고을이 쑥밭이 된 것도
여러 집이 발칵 뒤집힌 것도
서투른 나의 싸움 탓이다라고

사랑했다는 탓으로 애인이 불려 다니는 것도
숨겨줬다는 탓으로 친구가 직장을 잃은 것도
어설픈 나의 신념 탓이다라고
모두가
모든 것이 나 때문이라고

나는 지금 쓰고 있다
주먹밥 위에
주먹밥에 떨어지는 눈물 위에
환기통 위에 빵끼통 위에
식구통 위에 감시통 위에
마룻바닥에 벽에 천장에 쓰고 있다
손가락이 부르트도록 쓰고 있다
발가락이 닳아지도록 쓰고 있다
혓바닥이 쓰라리도록 쓰고 있다

공포야말로
인간의 본성을 캐는
가장 좋은 무기이다라고

•인생의 변곡점, 문리대 학생회장이 되다

내 운명이 달라진 시점이 언제쯤일까? 훗날 나는 내 인생이 힘들 때마다 '도대체 어디서부터 그렇게 되었을까? 공무원이나 교사가 되어 시를 쓰면서 가족들과 행복하게 살고자 했던 내 운명의 길이 어디서부터 잘못되었을까, 그 변곡점이 어디였을까?' 라고 곰곰이 생각해볼 때가 있었다.

고등학교를 졸업하고 바로 공무원 시험을 보거나 교원양성소를 가서 교사가 될 수도 있었는데 그 편한 길을 버리고 대학을 가게 된 것, 대학도 하필이면 전주로 가지 않고 학생운동의 근거지인 광주로 갔던 것, 약삭빠르지 못하고 우직했던 성격 등등, 수많은 여러 가지 이유가 있겠지만 가장 직접적인 사건은 아마 내가 문리대 학생회장 선거에 나선 일이었다고 생각된다.

당시 학도호국단이 생기기 전이라서 학생회장을 직선제로 뽑던 시절이었다. 어느 날 친구 강옥이가 찾아와서 나더러 문리대 학생회장 선거에 나가보라는 제안을 했다. 평생 줄반장 한 번도 해보지 못한 내게 어림없는 일이었다. 원래 나서는 일도, 남들 앞에서 말하는 일도 싫어하는 내성적인 성격이라 더욱 싫었다. 그냥 조용히 책 보고 혼자 지내는 것이 제격인 성격이라 도무지 나한테는 어울리지 않는 일이었다. 더군다나 학생회장은 나처럼 시골뜨기가 할 일이 아니었다. 표를 얻기 위해서는 광주의 유수한 학교 출신이라야 가능한 일이었다.

거절했지만 시위를 주도하던 친구들까지 거들면서 나에게 재촉을 하였다. 당시 대학본부 학생과 지휘 하에 있던 학생회를 어떻게든 학교 측에 휘둘리지 않는 학생회를 만들고자 했던 것이 나에게 권하는 이유였다. 당시 학생회 간부를 하면 졸업 후에 국가기관 등에 추천해주던 관례가 있었기에 학생회 간부들이 학생들보다는 학교 측, 그 뒤에 있는 권력기관의 편에 서는 일이 많다고 알려져 있었다. 따라서 친구들은 그렇지 않을 만한 후보로 나를 생각했던 것 같았다.

공부모임에서는 당연히 반대였다. 그대로 졸업할 때까지 언어학공부를 하여 대학원에 가고 연구자로 가는 것이 당시 이환묵 교수님의 생각이었다. 그러나 끝내 나는 그 제안을 거절하지 못하였다. 열심히 운동하는 그 친구들을 외면할 수 없다는 미안한 생각도 있었고, 맨날 소극적으로만 살아가는 나를 탈피해보고 싶다는 생각도 있었기 때문이었다. 결정적인 것은 당시 문리대 문학부에서는 남학생들이 거의 군대를 가거나 무기정학을 당하는 등 회장 출마할 사람이 없었다는 점이었다. 당시 B학점 이상이 되어야 후보 등록이 가능한데 남학생으로서 그럴 만한 학생이 드물었기 때문이기도 하였다.

부끄럼을 많이 타던 내가 등록을 하고 난생처음 각 교실을 다니며 선거운동과 유세라는 것을 해야 했다. 지금 생각하면 되지도 않은 무슨 말로 공약을 하고 유세를 했는지 기억이 나지 않는다. 그냥 집에 와서 달밤에 포도밭 한가운데 서서 포도나무들이 학생들이다 생각하고 뭐라 뭐라 외쳐 댔던 기억이 날 뿐이다.

제법 선거랍시고 치열하게 치렀다. 당시 가장 학생 수가 많은 의예과 학생들 표를 얻기 위해 의예과 대의원들을 만났던 기억이 지금도 남아 있는 것을 보면 말이다. 결국 투표 결과 동점이 나와서 며칠 후에 투표를 다시 해야 했다. 그 며칠이 지옥 같았다. 이미 결정된 표심이기 때문에 상대방 지지자들의 표를 얻기 위해 밤으로 문학부가 아닌 이학부 학생 대표들을 만나러 다녀야 했다. 그때 생각하였다. 내 인생에 다시는 선거를 치르지 않겠다고. 조바심과 표를 얻기 위한 은밀한 거래 등등. 나쁜 기억이 더 많은 선거였다. 결국 다시 선거를 치러 세 표 차이로 당선되었다.

학생회장이 되었다고 별다른 일이 많지는 않았다. 체육대회나 축제가 봄 학기에 다 있었기 때문에 가을학기에 취임한 나는 그저 학생과 교수님이 소집한 모임에 가거나 다른 단과대학 회장들과 모임을 하는 것이 대부분의 일이었다. 당시 몇 년간은 학교가 제대로 수업을 할 수가 없었다. 휴교를 하거나 시위를 하면서 학교가 평온할 날이 없었다. 그러다가 좀 별다른 일이 생겼다.

그해 10월, 서울에서 유신반대 학생시위가 일어났다. 기말 시험을 앞둔 전남대학교에서도 12월 초에 시위가 일어나서 광주역까지 학생들이 진출했다가 쫓겨 들어온 일이 있었다. 몰려들어 온 학생들이 새로 지어진 중앙도서관으로 점거하고 농성에 들어갔다. 수많은 학생들이 열람실에 가득했다. 밤이 깊어갈 때까지 농성은 계속되었다. 학생과 지도교수님들이 학생회장단을 불러서 사태를 설명하고 어떻게 빨리 농성을 해산시킬 것인지 고민을 하셨다. 그러나 농성을 주도하던 학생들이 쉽사리 농성을 풀 리가 없었다. 밤이 될 때까지 농성은 계속되었고 자정이 되기 전에 경찰이 진압할 것이라는 말이 떠돌았다. 농성장에 있던 학생회장단이 빠져나갔다. 농성장에서 체포되면 어떤 일이 벌어질지 몰랐기 때문이었다.

그러나 나는 그 자리를 떠날 수 없었다. 학생회장으로 뽑아주었는데 나를 뽑아준 학생들을 버리고 먼저 빠져나갈 수가 없었다. 잡혀가도 같이 잡혀가야 한다는 생각이 들었다. 결국 그날 밤 자정이 되기 전에 학생들 스스로 농성을 풀기로 하고 도서관을 나왔다. 모두 알 수 없는 울분에 차 있었다. 도서관에서 나온 학생들은 모두 학교 본부 앞으로 걸어갔다. 초겨울 눈이 내리고 있었다. 우리는 모두 본부 앞 가로등 환한 불빛 아래 비켜 날리는 눈보라를 맞으며 노래를 불렀다. 〈아침이슬〉이었는지 〈선구자〉였는지 모르겠다.

그해 겨울, 눈이 유난히 많이 내렸다. 나는 문학부 건물 숙직실에서 긴긴 겨울을 보냈다. 포도밭 단칸방에는 어머니와 동생과 조카까지 있어서 아예 학교 숙직실로 거처를 옮겼다. 저녁시간에 과외공부 아르바이트 하러 시내 나갔다 들어오는 일뿐, 도서관과 교수님댁을 오가며 공부하는 일로 겨울을 보냈다.

그러나 이미 정국은 엄혹한 사태로 접어들고 있었다. 장준하, 백기완 선생을 중심으로 하는 유신헌법 '개헌청원운동'을 탄압하기 위하여 1월 달에 긴급조치 1호[4]가 발표되었다. 긴급조치는 유신 헌법 53조에 규정되어 있던, 대통령의 권한으로 취할 수 있었던 특별조치였다. 박정희 대통령은 이 조치를 발동함으로써 "헌법상의 국민의 자유와 권리를 잠정적으로 정지"시키고 유신헌법에 반대하는 사람들을 잡아들이고 탄압하기 시작했다. 개헌청원운동을 시작한 장준하, 백기완 선생이 곧바로 구속되어 비상보통군법회의에서 각 15년씩을 선고 받

---

4 긴급조치 제1호
① 대한민국 헌법을 부정, 반대, 왜곡 또는 비방하는 일체의 행위를 금한다.
② 대한민국 헌법의 개정 또는 폐지를 주장, 발의, 청원하는 일체의 행위를 금한다.
③ 유언비어를 날조, 유포하는 일체의 행위를 금한다.
④ 전 1, 2, 3호에서 금한 행위를 권유, 선동, 선전하거나 방송, 보도, 출판, 기타 방법으로 이를 타인에게 알리는 일체의 언동을 금한다.
⑤ 이 조치에 위반한 자와 이 조치를 비방한 자는 법관의 영장 없이 체포, 구속, 압수, 수색하며 15년 이하의 징역에 처한다. 이 경우에는 15년 이하의 자격정지를 병과할 수 있다.
⑥ 이 조치에 위반한 자와 이 조치를 비방한 자는 비상군법회의에서 심판, 처단한다.
⑦ 이 조치는 1974년 1월 8일 17시부터 시행한다.

고 상고 기각된 사건이 일어났다. 흉흉한 겨울이었다.

졸업을 앞둔 4학년 새 학기가 시작되었다. 학생회장으로서 문리대 체육대회와 학교 축제를 앞두고 준비하는 일도 바빴다. 그러던 3월 어느 날, 친구 윤강옥이 찾아왔다. 4월 9일, 전국 대학생 시위가 있을 텐데, 그날 전남대학에서도 본부 앞에서 시위를 하기로 했으니 학생들이 많이 모일 수 있도록 은밀하게 알려달라는 부탁을 하였다. 그뿐이었다. 누구누구가 어떤 일을 하는지 어렴풋이 알고 있었지만 친구는 나를 배려하여 그 일에 나를 끌어들이지 않았다.

그러다 4월 3일[5] 긴급조치 4호가 다시 발표되었다. 당시 전국적으로 일어나던 유신반대 학생운동을 탄압하기 위한 조치였다. 유신헌법을 반대하는 사람은 신고하지 않아도 긴급조치로 끌려가야 했다. 유신헌법을 반대하면 사형까지 언도할 수

---

5 대통령긴급조치제4호

긴급조치 제4호는 1974년 4월 3일 오후 10시 청와대에서 열림. 임시국무회의에서 이봉성 법무부 장관의 제안으로 심의, 의결되었다.

- 민청학련과 이것에 관련한 제 단체의 조직에 가입하거나, 그 활동을 찬동, 고무 또는 동조하거나 그 구성원에게 장소, 물건, 금품 그 외의 편의를 제공하거나 그 활동에 관한 문서, 도서, 음반, 그 외의 표현물을 출판, 제작, 소지, 배포, 전시, 판매하는 것을 일제히 금지한다.
- 이 조치를 위반한 자, 이 조치를 비방한 자는 영장 없이 체포되어 비상군법회의에서 사형, 무기 또는 5년 이상의 징역형에 처한다.
- 학생의 출석거부, 수업 또는 시험의 거부, 학교 내외의 집회, 시위, 성토, 농성, 그 외의 모든 개별적 행위를 금지하고 이 조치를 위반한 학생은 퇴학, 정학처분을 받고 해당학교는 폐교처분을 받는다.
- 군의 지구사령관은 서울특별시장, 부산시장 또는 도지사에게 학생탄압을 위한 병력출동 요청을 받을 때는 이에 응하고 지원해야 한다.

있는 무시무시한 대통령 긴급명령이 긴급조치 4호였다. 반대하는 사람들을 숨겨주거나 신고하지 않은 사람도 처벌받을 수 있도록 하였다.

긴급조치 4호가 발표되던 날, 광주시 변두리 거리를 걸어가며 전파사에서 흘러나오던 그 소식이 내 운명을 바꾸리라고는 전혀 생각하지 않았다. 그 방송이 어떻게 한 사람의 삶과 한 가족의 삶을 파괴해버렸는지 미처 예상하지 못했다. 내 인생의 비극의 시작이었다.

훗날 당시 젊은 저항시인이던 김지하가 쓴 시에서 당시의 분위기를 그대로 느낄 수 있다.

1974년 1월

김지하

1974년 1월을 죽음이라 부르자
오후의 거리, 방송을 듣고 사라지던
네 눈 속의 빛을 죽음이라 부르자
좁고 추운 네 가슴에 얼어붙은 피가 터져
따스하게 이제 막 흐르기 시작하던
그 시간
다시 쳐온 눈보라를 죽음이라 부르자
모두들 끌려가고 서투른 너 홀로 뒤에 남긴 채
먼 바다로 나만이 몸을 숨긴 날
낯선 술집 벽 흐린 거울 조각 속에서
어두운 시대의 예리한 비수를
등에 꽂은 초라한 한 사내의
겁먹은 얼굴
그 지친 주름살을 죽음이라 부르자
그토록 어렵게
사랑을 시작했던 날
찬바람 속에 너의 손을 처음으로 잡았던 날
두려움을 넘어
너의 얼굴을 처음으로 처음으로

바라보던 날 그날
그날 너와의 헤어짐을 죽음이라 부르자
바람 찬 저 거리에도
언젠가는 돌아올 봄날의 하늬 꽃샘을 뚫고
나올 꽃들의 잎새들의
언젠가는 터져 나올 그 함성을
못 믿는 이 마음을 죽음이라 부르자
아니면 믿어 의심치 않기에
두려워하는 두려워하는
저 모든 눈빛들을 죽음이라 부르자
아아 1974년 1월의 죽음을 두고
우리 그것을 배신이라 부르자
온몸을 흔들어
온몸을 흔들어
거절하자
네 손과
내 손에 남은 마지막
따뜻한 땀방울의 기억이 식을 때까지[6]

---

6 시선집, 『타는 목마름으로』, 창작과 비평사, 1982.

•나는 국가를 고문실에서 만났다

긴급조치 4호가 발생하자 학교에서 학생회장들을 소집하여 사태의 심각성을 알려주었다. 혹시 전남대학에서도 시위가 준비되고 있는지, 회장들이 거기에 함께하고 있는지 등을 물었다. 전남대에도 시위가 준비되고 있다는 소문이 있는데 알게 되면 신고하라고 했다. 학생시위에 대비하여 이미 학동에 있는 의과대학에 상황실이 설치되어 있었다. 나는 친구로부터 들은 바는 있었지만 은밀히 나눈 이야기였기 때문에 그것을 말할 수는 없었다.

4월 8일이 마지막 자진신고 기간이었다. 그 다음 날부터는 일제 검거하겠다는 방침이 발표되었다. 그날 저녁, 나는 별다른 일 없이 아르바이트를 마치고 학교 숙직실로 돌아와 작은 남비에 쌀을 씻어 저녁밥을 지을 준비를 하고 있었다. 그때 학생과 지도교수였던 국문과 홍순탁 교수님으로부터 전화가 왔다. 내가 학교에 있는가를 확인하는 전화였다. 내가 있는 것을 확인하고는 곧바로 차를 몰고 오셨다. 무작정 상황실이 설치된 의대로 나를 데리고 가셨다. 그리고 차 안에서 나에게 자수할 것을 권하였다. 정보기관에서는 내가 내일 시위에 가담되

었다고 판단하고 나를 잡으러 오고 있다는 것이었다. 그러니 수사관들에게 잡히기 전에 상황실로 가서 미리 자수를 하자는 이야기였다. 교수님이 나를 싣고 동쪽 문으로 나가고 있을 때, 남쪽 문으로 검은 차들이 들이닥치는 것을 볼 수 있었다. 그러나 상황실에 도착하고 얼마 안 되어 나는 전남도청 뒤에 있는 전남도경찰국으로 끌려갔다

도경 4층으로 끌려갔더니 고위 간부가 앉아서 처음에는 점잖게 묻기 시작하였다. 내일 전남대에서도 반대시위가 있을 것이라는데 그 주동자가 누구냐, 너는 알지 않느냐 라고. 그러나 나는 말할 수가 없었다. 내가 함께해 주지는 못해도 친구를 배신할 수는 없었다. 누군가 나한테 시위 관련한 이야기를 들은 사람이 제보를 했다고 느껴졌다.

말로 해서는 고분고분 불지 않겠다고 느꼈는지 그때부터 그 고위 간부는 직접 각목으로 등이며 어깨를 내려치기 시작했다. 각목이 부러지자 의자로 내리쳤다. 모의한 내용을 불라는 것이었다. 밤 내 시멘트 바닥을 뒹굴며 맞았다. 나중에는 당시 간부가 직접 쇠 버클이 달린 자기 혁대까지 풀어서 등판을 두들겨 팼다. 도저히 안 되겠던지 나를 다른 곳으로 데리고 갔다. 새벽이 오고 있었다. 나는 전남도청을 나와서 분수대 광장으로 끌려 건너갔다.

전라남도청 앞에 상무관이 있었다. 그 한쪽에 기동대가 있었고 그 담벼락 밑에 낮은 지붕의 차고 같은 건물이 있었다.

그 안으로 끌고 들어갔다. 아직 실내는 어두웠는데 텅 빈 공간에 사람이 누울 만한 긴 탁자가 있었다. 그 위로 나를 벗기더니 묶었다. 얼굴에 수건을 둘러씌우고 주전자 물을 들이붓기 시작했다. 그리고 할 말 있을 때는 묶이지 않은 엄지손가락 두 개만 까딱까딱 움직이라는 것이었다.

얼마나 시간이 흘렀을까? 몇 번을 살아보겠다고 손가락을 까닥거렸다. 그러면 물길은 멈추고 불어라는 소리가 들렸다. 그러나 불 수가 없었다. 그러면 다시 물이 콧속으로 밀려 들어왔다. 헛 손가락질을 몇 번이나 했던지 나는 실신하였고, 나중에 들려나온 곳은 가까이에 있던 광주경찰서 유치장 안이었다.

그날 오후가 되어서야 정신 차리고 다시 전남도경으로 끌려갔다. 다른 학생회장들이 붙잡혀 들어왔다가 방면되고 있었다. 자기네들만 훈방 당하는 것이 미안한 듯이 안쓰럽게 바라보고 있었다. 그때 학보사 편집장이었던 성찬성 선배가 내 갈라진 등판을 보았다. 그는 학교에 돌아가 내가 고문을 당했다고 발설했다는 이유로 다시 긴급조치로 구속되기까지 하였다.

그날부터 60여 일 동안 나는 구속되어 그곳에서 지내야 했다. 전국적으로 너무나 많은 학생들이 검거되어 미쳐 서울로 압송하여 조사할 수가 없었기 때문이었다. 시위에 참여하지도 않았고 오직 몇 사람에게 시위 소식을 전했다는 것 때문에 나는 제적을 당했고 구속을 당했다.

– 끝없이 차가운 물이 쏟아져 들어왔다
마지막 막장 끝처럼 긴긴 내 호흡의 끝 가닥 마지막까지
물줄기가 들어서고
참아보자고 참아보자고 아랫배에 힘을 주며
나는 내 의식의 끝을 잡고 있었다

'죽기 싫으면 말하라
할 말 있으면 손가락만 까닥거려라'
숨이 다 차오를 때까지 나는 물을 거부했다
마지막 숨이 깔닥거릴 때까지 물을 거부했다
그러나 숨이 다하면 헉하고 수문이 열리고

그렇게 그렇게

나는 팔 양심도 없이 까무라쳤다

몇 번을 까무라쳤다

차라리 죽었으면,

죽음은 얼마나 편안할 것인가 –

금남로에 있는 광주경찰서의 유치장은 둥근 반원형의 건물이었다. 유치장 창살 앞으로 감시하는 경찰의 책상이 있고 둥글게 몇 개의 쇠창살 방이 반원형으로 둘러 있었다. 하루에 겨우 세 번 주는 보리밥 한 보새기, 시래기국 한 종지. 그것을 먹으며 수많은 사람들이 조사를 받고 구치소로 넘어갔다.

며칠이 지나자 구속되었던 선배 친구들이 유치장으로 배정되어 왔다. 9일날까지 모의가 드러나지 않아서 모두 유인물을 가지고 학교까지는 들어갔는데 제대로 시위는 하지 못하고 잡혔다. 듣기에 그날 전국적으로 천여 명 이상의 학생들이 긴급조치 9호로 구속이 되었다고 한다. 나중에 방면된 사람들까지 하면 몇천 명이 잡혀서 조사를 받았을 것이다.

유치장 생활은 우선 배가 고팠다. 힘이 없었다. 60여 일을 풀풀 날아가는 보리밥 한 덩어리로 지내자니 스무 살 청년으로는 견디기 힘들었다. 보통 구속된 지 2주일이면 입건 여부가 결정되어 방면되든가 구치소로 넘어가야 했다. 그러나 우리들은 조사를 받고 서울구치소로 가야 해서 올라가지 못하고 6월이 넘어서까지 유치장에서 감금생활을 해야 했다. 당시 서울에서 학생들을 미처 수사할 수가 없어서 차례를 기다려야 했기 때문이었다. 차라리 구치소는 콩밥을 주니 견디기가 좀 더 나을 텐데 유치장은 견디기가 힘들었다.

더욱 힘든 것은 가족들에 대한 걱정 때문이었다. 얼마나 놀랄 것인가? 마을 사람들은, 집안 어른들은, 가장 걱정인 것은 어머니는 이 사태를 어떻게 견디고 계실까? 학교에 있을 것이라고 생각했는데 어느 날 끌려가서 소식이 없으니 그 고통을 어떻게 이겨내실 것인가 걱정이 태산 같았다.

어느 날 화장실에 가느라고 방문을 따고 유치장 어두운 복도를 걸어가는데 작은 창문에서 원숭이처럼 검게 매달려 있는 것이 보였다. 그러더니 갑자기 "학영아-"하는 외마디 비명소리가 들렸다. 어머니였다. 그러자 경찰은 나를 뒤로 끌더니 방안으로 집어넣으며 철문을 쾅 닫아버렸다. 아마 내가 사라졌다는 소리를 들었을 어머니가 나를 찾자고 유치장 근처를 서성거리다가 나를 알아본 것이었으리라. 그날 어머니의 외치던 애끓는 목소리를 지금도 잊지 못한다. 죽으러 가는 새끼를 못 구하는 어미짐승처럼 애끓던 그 목소리를.

봄이 가고 여름이 다가왔다. 점점 유치장 시멘트 천장이 달궈져 더워지기 시작했다. 그러나 나는 그 속에서 수없이 지나가는 각종 죄인들을 만났다. 난생 처음 들어보는 수많은 사람들의 삶의 이야기들, 도둑질했던 젊은이, 깡패, 사기 친 사람, 강간하고 간통한 사람 등. 그들이 말하는 구치소는 알 수 없는 검은 세상이었다. 폭력이 난무하는 곳, 힘없는 사람들은 죽어지내야 하는 곳, 그러나 여기보다 밥은 좀 나아서 하루빨리 자기들은 구치소로 가고 싶다는 등.

나는 유치장 속에서 처음으로 가족이란 얼마나 애절한 관계인가를 절절히 깨달았다. 평소에 내 식구들이 얼마나 소중한 존재들인지. 내가 그들에게 얼마나 안타까운 일을 저지르고 있는지. 그리고 자유가 얼마나 좋은 것인지.

가끔 조사 받으러 경찰서 높은 계단을 지나다가 창문을 바라보면 바로 얼마 전까지 내가 드나들며 아르바이트 하던 집도 보였다. 거리도 보였다. 늘상 다니던 저 길, 저 자유로움, 이제 내 것이 아니었다. 단 한 가지 사실, 내가 의지하고 믿었던 국가가 나를 죄인이라고 잡아 가두는 순간, 내 자유는 아무것도 아니라는 것을 느꼈다.

어느 날, 하늘이 어두워졌다
바람이 불었고, 나뭇가지들이 땅으로 꺼질 듯 쓸려 내려왔다
움직이던 것은 모두 흔들리고, 살아 있는 것들은
모두 움츠러들었다. 나는 그렇게 스무 살을 반납해버렸다
그날부터 나는 언덕에서 양 떼 구름의 수를 세던 소년이 아니었다
나는 낙엽을 밟으며 낙엽 밟는 소리의 시를 낭송할 수 있는
청춘이 아니었다. 내 스무 살은 그렇게 지고
나는 무서운 계단을, 지하계단을 내려가야 했다.
릴케도 헤세도 구르몽도 사라진 언덕에서
나는 무서운 악마들이 대기한 연옥의 입구로 걸어가고 있었다.

나는 이미 빛나는 청춘의 구름을 잃어버렸다. 나는 나도 모

르게 세상의 가장 밑바닥 연옥의 입구에 서 있었다. 그때 나에게 힘을 준 사람이 있었다. 이강 선배였다. 전남대 영문과생이고 시인 김남주의 친구였던 그는 바로 1년 전에 '함성' 지 사건으로 감옥을 살고 나온 사람이었다. 박정희 정권의 유신선포를 도저히 견딜 수 없어 엄혹한 시절을 뚫고 '함성' 이라는 유신반대 유인물을 만들어 뿌리다가 붙들려 감옥 생활을 하고 나온 뒤, 또다시 민청학련사건에 연루되어 잡혀 들어온 것이었다. 그리고 내가 머물던 방에 함께 있게 되었다.

이강 선배는 이미 서양사상가들, 사회운동가들에 대해, 그리고 동학혁명과 일제하 독립운동 등에 대해 많은 공부를 한 터였다. 그는 나에게 그런 사람들이 어떻게 새로운 세상을 위해 노력했는지 이야기를 해주었다. 서구의 아나키스트들, 제3세계의 지도자들이 어떻게 새로운 사회를 만들기 위해 저항하고 싸웠는지. 아무것도 모르고 유치장에 들어간 나에게 그의 말은 먼 세상의 이야기였지만 그 목소리에 배인 절절한 열정은 나에게 뜨겁게 전이됨을 느꼈다. 그때 그가 나에게 들려준 소렐의 명문장은 지금도 잊히지 않는다.

"가장 부정한 시대에 가장 정의로운 사람이 있어야 할 곳은 감옥이다."

그리고 박정희 정권에 저항하는 유인물 '함성' 지를 만들어 뿌리기 전에 김남주 시인과 함께 녹두장군이 살았던 정읍 생가를 방문했던 일, 그가 짓밟히고 무너지는 농민들을 위해서

척양척왜斥洋斥倭 보국안민輔國安民의 기치를 내걸고 농민군을 일으켜서 싸웠던 이야기들은 교과서로에만 있던 이야기들을 곧 내 당대의 이야기로 받아들일 수 있게 해주었다.

그러던 중에 어느 날 『창작과비평』한 권이 들어왔다. 그 속에 가슴을 후비며 절절하게 스며드는 시를 발견하였다. 말로만 듣던 김남주 선배가 시를 발표한 것이었다. 앞에 소개한 「진혼가」와 함께 실려 있는 「잿더미」라는 시였다. 20대 청년이 간첩죄로 끌려가 죽음의 문턱을 넘나들지 않고는 쓸 수 없는, 그러나 죽음에 굴복하지 않고 다시 생명의 꽃을 노래하는, 무엇을 노래하는지 알 수 없지만 또 알 수 있을 것 같은 시를 나는 절망의 유치장 한가운데서 읽을 수 있었다.

막연한 두려움, 알 수 없는 미래에 대한 두려움에 가득 차 있었던 나는 이런 선배들을 만나면서 조금씩 안정을 찾아가기 시작했다. 살아야 할 힘을 얻기 시작했다.

잿더미

김남주

꽃이다 피다
피다 꽃이다
꽃이 보이지 않는다
피가 보이지 않는다

꽃은 어디에 있는가
피는 어디에 있는가
꽃 속에 피가 잠자는가
핏속에 꽃이 잠자는가

꽃이다 영혼이다
피다 육신이다
영혼이 보이지 않는다
육신이 보이지 않는다
꽃의 영혼은 어디에 있는가
피의 육신은 어디에 있는가
꽃 속에 영혼이 깃드는가
핏속에 육신이 흐르는가
영혼이 꽃을 키우는가
육신의 피를 흘리는가
꽃이여 영혼이여
피여 육신이여

그대는 타오르는 불길에
영혼을 던져 보았는가
그대는 바다의 심연에
육신을 던져 보았는가
죽음의 불길 속에서

영혼은 어떻게 꽃을 태우는가
파도의 심연에서
육신은 어떻게 피를 흘리는가
꽃이다 피다
육신이다 영혼이다
그대는 영혼의 왕국에서
육신을 어떻게 다루었는가
그대는 피의 꽃밭에서
영혼을 어떻게 다루었는가
파도의 침묵 불의 노래
영혼과 육신은 어떻게 만나
꽃과 함께 피와 함께 합창하던가
숯덩이처럼 검게 타 버리고
잿더미와 함께 사라지던가

그대는
새벽을 출발하여
폐허를 가로질러

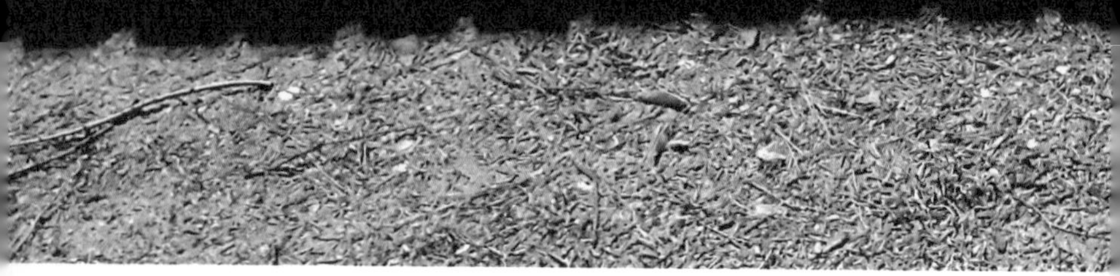

황혼을 만나 보았는가
황혼의 언덕에서 그대는
무엇을 보았는가
난파선難破船의 침몰을 보았는가
승천昇天하는 불기둥을 보았는가
침몰沈沒과 불기둥은 무엇을 닮고 있던가
꽃을 닮고 있던가
피를 닮고 있던가
죽음을 닮고 있던가

그대는
황혼의 언덕을 내려오다
폐허를 가로질러 또 하나의
새벽을 기다려 보았는가 그때
동천東天에서 태양이 타오르자
서천西天으로 사라지는 달을 보았는가
죽어 버린 별
죽으러 가는 별

죽음을 기다리는 별
그대는 달과 별의 부활을 위해
개벽의 언덕에서 기도를 드려 보았는가

그대는 겨울을
겨울답게 살아 보았는가
그대는 봄다운
봄을 맞이하여 보았는가
겨울은 어떻게 피를 흘리고
동토凍土를 녹이던가
봄은 어떻게 폐허廢墟에서
꽃을 키우던가 겨울과
봄의 중턱에서
보리는 무엇을 위해 이마를 맞대고
눈 속에서 속삭이던가
보리는 왜 밟아줘야 더
팔팔하게 솟아나던가
잡초는 어떻게 뿌리를 박고
박토에서 군거群居 하던가
찔레꽃은 어떻게 바위를 뚫고
가시처럼 번식하던가
곰팡이는 왜 암실暗室에서 생명을 키우며
누룩처럼 몰래몰래 번성하던가

죽순은 땅속에서 무엇을 준비하던가
뱀과 함께 하늘을 찌르려고
죽창을 깎고 있던가

아는가 그대는
봄을 잉태한 겨울밤의
진통이 얼마나 끈질긴가를
그대는 아는가
육신이 어떻게 피를 흘리고
영혼이 어떻게 꽃을 키우고
육신과 영혼이 어떻게 만나
꽃과 함께 피와 함께 합창하는가를

꽃이여 피여
피여 꽃이여
꽃 속에 피가 흐른다
핏속에 꽃이 보인다
꽃 속에 육신이 보인다
핏속에 영혼이 흐른다
꽃이다 피다
피다 꽃이다
그것이다!

•감옥은 나의 학교

마침내 6월이 되어서야 긴급조치 4호로 구속된 전남대 학생들이 서울로 이송되었다. 뜨거운 여름 시멘트방 안에서 두 달 여를 보낸 우리들은 그야말로 기진맥진한 상태로 광주경찰서를 나섰다. 그나마 어머니가 계신 광주를 떠난다니 마음이 아팠다. 그 때까지 우리는 아무도 가족 면회를 하지 못하였다.

서울에 도착하자마자 우리는 잠시 남대문경찰서 유치장에 감금되었다. 거기에도 많은 학생들이 있었다. 옆방에 판소리로 유명한 임진택 선생이 있었다. 당시 앳된 학생이었다. 우리는 바로 용산에 있는 육군본부로 가서 신고를 한 후에 서대문 구치소로 들어갔다. 말로만 듣던 무시무시한 서대문 구치소, 일제 때 수많은 독립운동가들이 죽어갔던 곳, 서대문형무소는 정말 컸다.

강당에 들어가 교도관의 안내를 받고 푸른 옷과 고무신과 식기, 숟가락과 젓가락을 받았다. 푸른 무명옷은 맞지 않고, 고무신도 짝 고무신, 거기다가 은근히 몰려오는 불안감. 푸른 옷으로 갈아입고

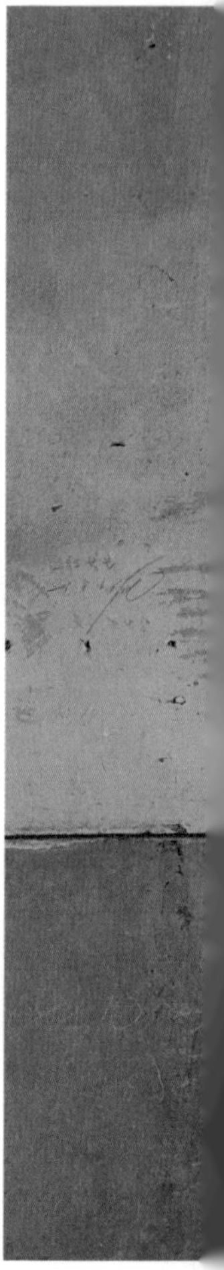

가슴에는 긴급조치라는 노란 딱지를 붙이고 길게 늘어선 복도를 걸어갈 때 갑자기 좌우에서 알 수 없는 환호가 들려왔다. 좌우로 길게 늘어서 있는 낮은 방 하나하나마다 모두 노랗거나 빨간 딱지들이 빼곡하게 붙어 있었다. 그 방마다 여기저기서 손들이 나와서 흔들렸고 어서 오라는 환영의 소리들이 들려왔다. 서울구치소 방이 몇 천 개는 될 터였다. 그렇게 많은 방에 모두 당시 시국사범들이 갇혀 있었던 것이다.

일제강점기 때 지어진 0.75평 감옥에 예닐곱 사람들이 함께 모여 살았다. 화장실까지 함께 있으니 좁아서 옆으로 칼잠을 자지 않고는 잘 수가 없었다. 거기다 먹는 밥까지 늘 부족하였다. 옷이라곤 팬츠도 없이 푸른 옷 하나로 그 더운 여름을 나야 했다.

나는 나이가 적다고 소년수 방으로 들어갔다. 규율이 센 방이었지만 그래도 학생이라고 모두들 동정해주었다. 청주에서 올라온 광희, 길음동에서 들어온 문태, 성남에서 온 상범이 등 내 또래의 소년범들이 함께 살았다. 모두 시골에서 서울로 올라와 살다가 이래저래 절도나 사기나 폭력 등으로 들어온 아이들이었다.

힘들지만 긴급조치 시국사범들이 주위에 많아서 위로가 되었다. 내 옆에는 당시 고대 '민우' 지 사건으로 들어온 김영곤 선배가 있었고 바로 위에는 지하철 노조위원장을 했던 정윤강 선배가 있었다. 그 선배들에게서 경제학이나 노동운동에 대한 이야기, 책들을 빌려보면서 시간들을 보낼 수 있었다. 밤이면 식사 후에 변기통이 있는 뒤쪽으로 나가서 통방을 하였다. 워낙 구치소 안에 학생들이 많아서 간수들이 그것을 통제하려 해도 할 수 없었다. 저녁이면 모두들 안부를 묻고 잘 자라는 인사를 하였다. 당시에 지학순 주교님, 박형규 목사님께서 함께 살고 계셔서 밤이면 여기저기서 학생들이 주교님, 목사님 하면서 잘 주무시라는 인사를 하였다. 그분들은 어린 학생들에게 절대적인 지주 역할을 해주셨다.

그러나 가장 힘든 것은 어머니를 생각할 때였다. 생각만 하면 자다가도 눈물이 흘러내렸다. 평생 아들 하나 기르는 희망으로 먼 도시까지 이사 와서 그렇게 고생을 한 어머니가 어떻게 이 고통을 견뎌낼 것인가? 그리고 7년이라는 긴 세월을 어떻게 견뎌낼 것인가. 나는 당시 군사법정에서 12년 구형에 7년 형을 선고받았다.

현저동 101번지

해가 설풋해지면 높은 담 너머로
딸랑딸랑 두부 장수의 종소리가 들려왔다.
'아그야 밥 먹어라' 높은 산동네에서
저녁 먹으라고 아이들을 부르는
젊은 아낙들의 목소리도 들렸다.
담 하나 사이로 운명이 갈라졌다
어머니도 동생도 먼 곳에 있고
젊은 내 몸뚱아리는 세월의 오랏줄에 묶여
좁은 방 안에서 세숫대야만 한 하늘을 본다
언제 돌아가리란
돌아가 껴안을 수 있으리란 기약도 없이
그렇게 여름은 지나갔다
진물처럼 흐르던 눈물도 마르고
나는 알 수 없는 세상으로 흘러가고 있었다

당시 육군본부에서 삼엄한 경비 아래 제대로 된 변호사도 없이 재판을 받았다. 1심에서 12년인가 10년인가를 언도 받았고, 2심에서 7년을 언도 받았다. 육군본부 대기실에서 머리를 짧게 깎은 젊은 사람을 만났다. 그는 교도관들과 함께 자기를 소개했다. 자기는 동네 어디를 가도 이름이 있단다. 지하다방. 본명은 김영일, 김지하를 그곳에서 만났다. 그가 바로 「오적」으로 감옥을 살았던 그 유명한 김지하였다. 눈이 반짝반짝 빛나는 잘 생긴 젊은이의 모습이었다.

고법이 끝난 후, 우리는 모두 안양교도소로 이감을 갔다. 그곳에도 많은 대학생들이 있었다. 제정구 전의원, 서중석 교수, 강창일 의원, 신대균 등 나중에 사회에 나와서 만날 수 있는 분들을 그곳에서 감방동기로 다 만날 수 있었다. 김동길 교수님도 그때는 안양교도소에서 학생들의 우상처럼 존경을 받았다. 잠시 안양교도소에 있다가 대법이 끝났던지 다시 전국 각 교도소로 뿔뿔이 흩어졌다. 나는 윤강옥, 권오걸, 이동진 등과 함께 전주교도소로 옮겨갔다.

전주시 남쪽 변두리에 있는 전주교도소는 참 풍경이 아름다운 곳이었다. 독방이었지만 높은 담장 밖으로 모악산이 병풍처럼 펼쳐져 보였다. 눈이라도 펑펑 내리는 겨울날이면 온통 산자락을 휘감고 돌아가는 눈보라가 장관이었다. 나는 혼자 조용하게 책을 보며 비로소 안정된 생활을 할 수가 있었다. 그때 『샘터』에선가 읽었던 시 한 편이 내 마음을 위로해주었

다. 미국 시인 프로스트의 「자작나무」라는 시였다.

자작나무

로버트 프로스트

나도 한때는 자작나무를 타던 소년이었습니다.
그리고 그 시절을 꿈꿀 때가 있습니다.
내가 심려에 지쳤을 때
그리고 인생이 정말 길 없는 숲 같아서
거미줄에 걸려 얼굴이 달고 간지러울 때
내 한쪽 눈이 작은 나뭇가지에 스쳐 눈물이 흐를 때
나는 잠시 세상을 떠났다가
다시 돌아와 새 시작을 하고 싶어집니다.
그렇다고 운명의 신이 나를 잘못 이해하고
반만 내 소원을 들어주어
나를 데려갔다가 다시 돌아오지 못하게 하지 않기를 바랍니다.
이 세상은 사랑하기에 좋은 곳입니다.
더 좋은 세상이 있을 것 같지 않습니다.
나는 자작나무 타듯 살아가고 싶습니다.
하늘을 향해, 눈같이 하얀 줄기를 타고 검은 가지에 올라

나무가 더 견디지 못할 만큼 높이 올라갔다가
가지 끝을 늘어뜨려 다시 땅 위에 내려오듯 살고 싶습니다.
가는 것도 돌아오는 것도 좋은 일입니다.
자작나무 흔드는 이보다 훨씬 못하게 살 수도 있으니까.

고향 마을 할머니집 뒷동산 대숲에 있는 감나무에 올라갔다가 내려다보이던 들판과 마을이 떠올랐다. 고향마을에 고샅이 떠오르고 우물도 떠오르고 어머니, 누님, 동생들도 떠올랐다. 참으로 아름다운 고향이었다. 언젠가 돌아가리라. 내 사랑하는 사람들과 같이 살아가리라. 운명의 신이 있다면 나를 다시 돌아갈 수 있게 해주리라. 시를 읽으며 다시 돌아가 새로 시작할 수 있을 것이라는 소망을 키워나갔다.

당시 『새가정』이라는 기독교 여신도회 잡지가 들어왔다. 투옥된 학생들을 격려하기 위해서 넣어준 책이었다. 거기에 한 어머니의 기도문이 들어 있었다. 그 당시 새문안교회에서 활동하다가 투옥된 서경석, 서창석 두 학생의 어머니가 쓴 기도문이었다. 찬 겨울밤, 두 아들을 감옥에 보낸 어머니가 수난을 당하는 젊은 아들들을 다시 만나기를 기원하는 기도문이었다. 내 어머니도 나를 그렇게 기다리려니 하는 생각에 추운 겨울밤을 추운 줄 모르고 견딜 수 있었다.

전주는 고등학교를 졸업하고 한 해, 재수하며 지냈던 곳이라 감회가 깊었다. 그때 진북동에는 일제 때 지은 교도소가 있었다. 담장 밖에 채소밭에서 푸른 죄수복을 입은 수인들이 농사를 짓는 것을 볼 수 있었다. 그런데 평화동은 전주시 외곽 모악산이 앞에 보이는 들판에 서 있었다. 전주에는 이모집도 있어서 아마 그때 처음으로 가족들이 면회를 왔던 것 같다. 모악산 너머 남으로 가면 내 고향이 있다는 것이 남다른 의미로 다가왔다. 모악산을 돌아서 텅 빈 허공으로 몰려오는 눈보라를 보면서 나는 갑오년의 동학농민전쟁을 생각했다. 정읍 김제 들판을 달려서 모악산을 돌아 전주성을 치기 위해 완산칠봉으로 달려가던 함성 소리가 들리는 듯했다.

마침 사학과였던 윤강옥이 집에서 넣어준 한국사 책들을 빌려서 읽었다. 왕조의 흥망성쇠 뒤에 엇갈린 백성들의 고난, 항거. 특히 조선왕조 말기, 세도가들의 횡포와 국정의 문란, 동학농민전쟁, 새로운 이념으로서 나타난 동학의 인내천사상, 그리고 그것을 실현하고자 꿈꾸었던 최제우, 최시형, 전봉준, 손병희 등으로 이어지는 새 하늘, 새 땅에 대한 갈망과 싸움이 오늘 내가 사는 시대의 현실로 절절하게 느껴졌다. 전주야말로 새로운 시대를 갈망하며 일어났던 농민운동의 근거지였다. 특히 전주 집강소 시절 농민 자치는 인상적이었다. 그러나 이어지는 일제의 침략과 동학농민군의 잔재를 뿌리 뽑기 위해 벌리는 삼남지역 대토벌작전, 거기서 도망가다 죽어간 수많은 농민군들. 눈보라 속에서 죽어간 농민군들의 외침을 환청처럼 생생하게 들을 수 있었다

모악산

산자락을 타고 눈보라가 몰려왔다
겨울,
들판은 맨발로 마른 씨앗을 감추고
보리 뿌리들은 하얀 눈 속에서도
바람을 맞으며 흙을 붙들고 있었다
마른 나뭇가지가 윙윙거리는 동안
활시위처럼 팽팽한
내 젊은 몸이 휘청거렸다
이렇게 이렇게 무너질 수는 없다고
들판에 숱하게 누워 있는 저 하얀 베잠방이들
쟁기질 하다 맨손으로 나갔던 내 할아버지
밥 짓다가 따라 나간 내 어머니
산천에 쌓인 저 눈 골짜기들은
그들의 흩어진 무명 적삼이 아니겠느냐고
긴긴 밤 나는 그 산의 소리를 들으며 울었다
이렇게 처참하게 스러지지는 말아야지
어떻게든 어떻게든 살아남아야지
그렇게 그 겨울은 깊었고
그리움은 눈물샘 깊이 고였다
스무 살, 나는 모악산 검은 산줄기를 보며 울었다

언젠가 새로운 하늘
새로운 길을 걸어갈 것이라며 울었다

그대들에게 나는

밤이면 누워 돌아누우면
꼭지가 터진 물독처럼 눈물이 쏟아져 흘렀다
내 한 몸이 들판에 짐승만도 못한 것 때문에
어느 날 누군가 잡아가면 나는 오라를 받고 끌려가야 하고
누군가 채찍질을 하면 나는 그 붉은 핏자국을 온몸에 휘감고
마른 시멘트 바닥을 굴러야 하고,
오라를 채워 깊은 어둠 속으로 집어 던지면
나는 덫에 갇힌 짐승이 되어
끙끙거리면서 어둠 속에 갇혀 있어야 하고
나는 무엇이냐, 나는 어미도 아비도 없는 천애 고아처럼
봉인된 유형의 동굴 속에서 소리 한마디 지를 수 없는 거냐
나는 내가 아니다. 숨통이 끊어진 짐승이다
찌르면 찔리고 두들겨 패면 두들겨 맞고
이리 치이고 저리 치이고, 나는 그런 짐승일 뿐이다
누군가 하늘님보다 더 무서운 힘을 가진 자들에겐
나는 그저 한마디 고깃덩어리일 뿐이다.

'민청학련 사건' 이라는 하나의 명칭으로 불렸던 긴급조치 4호로 투옥되었던 학생들은 그 겨울이 지나고 이듬해, 1975년 2월 모두 풀려나왔다. 이철, 유인태, 이강철 등 사형 또는 장기형을 받았던 몇 사람을 빼고는 250여 명 이상의 연루자들이 모두 풀려나왔다. 카터 대통령의 방문을 앞두고 미국과 불편해진 박정희 대통령이 유화조치로 모두 특별사면으로 내보낸 것이었다.

난 그때 비로소 알았다. 우리들의 목숨이 얼마나 하찮은 것인가를, 권력자들에겐 무고한 국민들을 잡아들일 수도 있고, 죽일 수도 있고, 내줄 수도 있고, 살릴 수도 있다는 것을. 국가라는 이름이 어떻게 권력을 쥔 사람들에 의해서 무섭게 남용되고 살상무기가 되는지를 알았다.

나는 다만 역사의 노리개에 불과했다. 박정희 정권이 그들의 권력을 유지하기 위해 벌렸던 놀음에, 헌법에도 없는 대통령 혼자서 발표한 긴급조치라는 단 하나의 명령 때문에 나는 그렇게 푸른 청춘을 짓밟혀버렸다. 헤르만 헤세의 구름이 피어나는 청춘의 포근함, 젊음의 아름다운 꿈을 느낄 수 없었다. 영원히 빼앗기고 말았다. 푸른 초원에서 나는 역사의 처참한 살육의 현장으로 떨어져 버렸다. 이후 나는 아름다운 세상 같은 것을 잃어버렸다. 낭만적인 시를 읽을 수도 아름다운 구름도 바라볼 수 없었다. 청춘은 아름다운 것이라는데 나날이 비참한 시간들의 연속이었다.

교도소에서 풀려나오자 어머니와 가족들이 교도소 앞에서 기다리고 있었다. 7년을 살 것이라고 막막함 속에서 지내다가 갑자기 주어진 석방은 믿기지 않았다. 어머니를 안고 환호했다. 업고서 덩실덩실 춤을 추었다.

험한 세상 속으로

그러나 돌아온 세상은 여전했다. 학교에 복학할 수 없었던 나는 비참한 현실 앞에서 하루 세끼를 고민해야만 하는 생활인으로 돌아왔다. 당장에 할 일을 찾아야 했다. 대학교 언저리로 돌아가 보았지만 거긴 나를 받아주는 곳이 아니었다. 어머니는 여전히 포도밭 농장에서 매일매일 풀을 매고 있었다. 우선 겨울 동안은 민청학련으로 함께 고생했던 몇몇 동료들과 포장마차를 시작하였다. 매일 새벽이면 시장에 가서 홍합을 한 자루씩 받아오면 어머니, 동생들이 함께 씻었다. 해 질 녘이면 리어카에 싣고 충장로로 나가서 팔았다. 모두 어려웠던 지라 홍합을 파는지, 울분을 곁들인 소주를 파는지 몰랐다. 매일 저녁 포장마차에는 울분의 시절을 보낸 젊은이들이 찾아왔다. 그 덕에 소주는 팔렸고 나 또한 못 마시는 소주에 취했다.

포도밭집에서 문화동 탱자나무 울타리 집으로 옮겼다. 너무 방이 좁아서 네 식구가 살 수가 없었기 때문이었다. 어머니는 시내 병원집에 식모살이도 하고, 때로는 장사도 하였다. 더 이상 복학을 기다릴 수도 없어서 나는 인근에 있는 양계장 일을 시작하였다. 어떻게든 벌이를 하지 않으면 안 되었기 때문이었다. 닭똥을 치고 닭 먹이를 주고, 양계장에서 자면서 살았다.

그때 내가 가지고 있던 언어학 책들을 모두 김상윤 선배가 시작한 녹두서점에 가져다주었다. 돈을 몇 푼 받았는지 기억엔 없지만 그날 책을 묶어서 가지고 가던 기억은 분명하다. 내가 그렇게 행복하게 읽었던 원서들을 나는 처분하기로 했다. 내 인생에 다시는 공부할 수 있는 기회는 없을 것이라는 생각이 들었기 때문이다. 정말 그랬다. 그것이 마지막이었다. 나는 다시는 언어학의 세계로 돌아갈 수 없었다. 내 젊은 대학 시절을 마감하는 날이었다.

그해 봄에 동아일보 백지 광고사태가 벌어졌다. 당시에 동아일보를 구독해서 보았는데 신문을 보면서 가슴이 꿈틀거리기 시작했다. 동아일보 기자들이 제대로 기사를 쓰기 시작하고 민주화운동을 선언하자, 정부에서 광고주들에게 광고를 못주게 하여 백지광고 사태가 난 것이었다. 그러자 광고란이 백지로 나오고 그것을 안 수많은 시민들이 후원 광고를 하기 시작했다. 그 광고 문구 하나하나가 민주주의를 바라는 절절한 시민들의 마음을 담았다. 아이들이 살아갈 세상이 민주주의가 되었으면 좋겠다며 아이들 이름으로 나온 광고도 있었고, 젊은 부부가 낸 광고, 심지어 현역군인이 익명으로 낸 광고도 있었다. 당시 박정희 군사독재정권에 대한 분노와 민주주의를 바라는 마음이 얼마나 간절했던가를 보여주는 광고들이었다.

그러다가 5월 달인가, 어느 날 학교를 들른 적이 있었다. 그날 민청학련으로 나온 학생들 몇 명이 도서관 앞에서 만나자고 한 날이었는데 벼락같은 소식을 들었다. 인혁당 8명 사형수를 대법원에서 언도한 지 하루도 지나지 않아 새벽에 모두 끌어내어 사형집행을 했다는 소식이었다. 정부는 당시 인혁당을 북한의 사주를 받고 남한에 공산혁명을 일으키기 위해 만들어진 조직이라고 발표하였다. 그들이 대구의 여정남이라는 청년을 시켜서 서울대학교의 이철 등을 사주하여 전국적으로 민청학련이라는 조직을 만들게 하고 국가를 전복시키려 했다는 것이었다. 민청학련 대학생들은 내보내고 그것을 사주했다고 기소한 인혁당 연루자들을 모두 사형시켜버린 것이었다.

이미 그들이 얼마나 고문을 당했는가는 당시 출소한 김지하 시인이 『고행, 1975』라는 글을 동아일보에 연재하면서 세상에 널리 알려졌다. 탈장이 될 정도로 행해진 무시무시한 고문이 중앙정보부의 작품이라는 것을 폭로한 김지하 시인은 그 글 때문에 석방되자마자 다시 감옥으로 가야 했다. 그때 나온 김지하 시인의 「타는 목마름으로」라는 『창작과비평』에 실린 시는 젊은 우리들의 마음을 뜨겁게 울렸다.

타는 목마름으로

김지하

신새벽 뒷골목에
네 이름을 쓴다 민주주의여
내 머리는 너를 잊은 지 오래
내 발길은 너를 잊은 지 너무도 오래
오직 한 가닥 있어
타는 가슴속 목마름의 기억이
네 이름을 남몰래 쓴다 민주주의여

아직 동트지 않은 뒷골목의 어딘가
발자국 소리 호르락 소리 문 두드리는 소리
외마디 길고 긴 누군가의 비명 소리
신음 소리 통곡 소리 탄식 소리
그 속에 내 가슴팍 속에
깊이깊이 새겨지는 네 이름 위에
네 이름의 외로운 눈부심 위에
살아오는 삶의 아픔
살아오는 저 푸르른 자유의 추억
되살아오는 끌려가던 벗들의 피 묻은 얼굴
떨리는 손 떨리는 가슴

떨리는 치떨리는 노여움으로 나무판자에
백묵으로 서툰 솜씨로 쓴다

숨죽여 흐느끼며
네 이름을 쓴다.
타는 목마름으로
타는 목마름으로
타는 목마름으로

내가 서울구치소에 살 때 1사하에 살았는데 바로 옆방에 인혁당으로 재판을 받던 하재완, 우홍선 두 분이 살고 있었다. 나가면 식구들에게 안부를 전해달라고 했는데 그런 분들이 사형을 당하다니 다시 한 번 권력의 무서움을 느껴야 했다.

양계장 생활을 하며 공사판을 다닐까 어쩔까 생각하던 중에 윤강옥이 찾아와 서울을 가지 않겠느냐는 제안을 하였다. 복학도 취업도 할 수 없으니 장사라도 해보자는 것이었다. 돈이 어디 있어 장사를 할 거냐고 물으니, 돈은 자기가 마련할 테니 나 먼저 서울로 가서 자리를 잡으라는 것이었다.

그래서 한 번도 살아보지 않은 서울로 내가 먼저 옮겼다. 부평에 큰누나가 살고 계셨는데 일단 누나 집을 찾아갔다. 단칸방에 아이들 둘, 매형과 함께 사는 방에 끼어들어 숙식을 함께 하였다. 처음은 매형 형님이 운영한다는 서울역 부근 고물상으로 들어갈까 가보았는데 그만두었다. 그리고 동네 사람의 소개로 부평과 부천 사이 들판에 서 있는 토관공장으로 나가게 되었다.

푸른 들판 한가운데 붉은 벽돌 굴뚝이 높이 서 있어서 멀리서도 잘 보이는 곳이었다. 그러나 막상 걸어서 가노라면 꽤나 먼 길이었다. 바닷가라서 그런지 부평의 겨울은 길었다. 봄이 되었는데도 밤이면 매서운 칼바람이 불었다. 캄캄한 어둠 속에서 집을 나서면 들판의 새벽바람이 매서웠다. 공장에 도착하여 두 시간 정도 새벽일을 마치면 아침이 되었다. 하수구에 사용되는 큰 토관을 굽는 공장이었는데 내가 하는 일은 창고 선반에 말려둔 토관을 꺼내서 가마에 넣고, 잘 구어진 토관을 식으면 다시 꺼내서 밖에 쌓아놓는 일이었다. 그런데 이 토관의 무게가 사람의 무게보다 훨씬 무거웠다. 새벽에 두어 시간 일하고 아침을 먹고 나면 하루 일을 마친 만큼이나 힘이 쭉 빠졌다. 아침을 먹고 나면 바로 하루 일이 시작되었다. 종일 그런 무거운 토관을 들어 나르다 보면 하루가 며칠처럼 길게 느껴졌다.

처음 그곳에 갔던 날, 동료 어른들이 주는 막걸리 몇 잔을 마시고 돌아오던 날 밤을 잊지 못한다. 아무리 걸어도 걸어도 마을이 나오지 않았다. 도무지 다가갈 수가 없었다.

어두운 길

들판 너머 도시 한가운데 불야성이 있었는데
난 아무리 걸어도 그 성에 닿을 수 없었네
걸어도 걸어도 나는 늘 그 자리에 서 있고
휘청거리는 발걸음은 오히려 세월처럼 나를 붙들고
놓아주지 않았네
찬바람도 나를 깨워주지 못했고
손짓하는 불빛도 나를 유혹하지 못했네
그저 그 자리에서 빙빙 돌다가 사라지는
물방울처럼 곤히 잠들어 사라지고 싶었네
스물네 살, 내 푸른 시간들은 희망의 손짓도 없는

어두운 벌판에서 갈 길도 없이 헤매고 있었고
부르지도 않는, 아무도 찾지 않는 들판에서
나는 그저 사라지고 싶었네
아무도 기다리지 않는 시간이었네
나만 혼자 먼 세상의 끝을 헤매고 있었네
밤은 점점 깊어지고
나는 한 발자국도 건너 뛸 수 없는 어둠
그 안으로 점점 스며들고 있었네
바람만이 가득한 들판으로 어둠은 철벽 같고
알 수 없는 희망은 찾아볼 수도 없었네
스물넷의 시간은 그렇게 흘러갔네

얼마 후에 건축공사판으로 옮겨 일을 했다. 기술이 없기 때문에 공사판 잡부로 일했다. 하얀 안전모를 쓰고 현장을 감독하는 젊은 기사가 얼마나 부러웠는지 모른다. 나는 일당 몇 푼 받는 노가다 잡부인데, 떼어 낸 거푸집 패널에서 못이나 빼고, 뒹구는 철근 조각을 주워 모으고, 나무토막이나 정리하는데, 그 기사는 힘든 일을 하지 않고 감독만 해도 돈을 많이 받는 사람이었다. 건축현장에서는 육체적으로 힘들수록 일당은 더 적게 받는다는 것이 현실이었다. 숙련 기술자와 막노동의 차이를 실감할 수 있었다.

봄이 지나고 윤강옥이 연락을 했다. 서울에 거처를 만들 테니 올라오라는 것이었다. 윤강옥은 나주 산포가 고향이다. 나도 가끔 가보았지만 나주 들판 한가운데 마을이어서 처음 가는 사람은 길을 제대로 찾기 어렵다. 특히 밤에 가면 허허벌판에 어디가 마을인지 동산인지 알 수가 없다. 나는 가끔 그를 따라 그의 고향집에 갔었다. 당시 이미 팔순이 넘은 할아버지 할머니가 소를 키우며 많은 농사를 짓고 계셨고, 아버지 어머니 또한 어린 동생들과 함께 대가족을 이루고 살고 있었다. 오직 노동으로만 일가를 이루어 그 인근에서는 제법 대농으로 너른 논과 밭, 과수원을 가지고 있었다. 윤강옥은 집안의 종손으로 가족들의 기대를 받는 귀한 아들이었다. 겨울밤에도 그의 집에는 밤늦게까지 어른들이 가마니를 짜는 소리가 들렸다. 그렇게 근검하게 살면서 살림을 이루셨다.

윤강옥은 마을 뒷동산의 커다란 과수원을 하나 팔아서 올라왔다. 천여 만 원 돈이었다. 당시 압구정 모래사장에 새로 짓던 현대아파트가 600만 원이라는 소문이 있었으니 시골 살림으로서는 큰돈이었다. 나도 순창 누나에게 부탁해서 100여 만 원 돈을 빌렸다. 꼬박꼬박 이자를 주기로 하고 빌린 돈이었다.

그 돈으로 우리는 사업을 시작하였다. 정부종합청사 근처에 황해여관이라고 있었는데 그곳에 임시로 숙소를 정했다. 윤강옥은 40대 낯선 사람 하나를 감옥에서 만난 형이라고 인사를 시켜주었다. 그 형의 소개로 당시 다방이나 술집 같은 곳에 커피나 차 종류, 담배 등을 납품하는 일을 시작하였다. 이전부터 그 업종에 관련된 일을 했던 분이라고 했다.

지금은 성곡 미술관이 된 사직동 쌍용 김성곤 회장 저택 올라가는 기와집 골목에 방을 얻어 문간방에 가게를 열었다. 거기에 커피, 담배 등의 물건을 사다가 쌓아두고 사대문 안에 있는 여러 다방이나 식당 등에 커피와 차 원료, 담배 등을 날마다 공급해주는 일을 시작하였다. 배달은 내가 했다. 큰 가방에 물건을 넣고 광화문부터 종로, 남대문, 돈화문, 낙원동, 이화동 일대를 날마다 돌아다녔다. 영업장 교섭은 그 형이 하고, 자본은 친구가 대고, 나는 영업을 하는 셈이었다.

광주에서는 윤강옥과 이학영이 서울 가더니 돈 번다고 소문이 났다고 한다. 하기야 그 당시 강남이 처음 개발되던 시절이라 아파트 한 채가 600여 만 원이었는데 매일매일 몇십만 원씩 현금을 수금하는 사업이었으니 그럴 만도 하였다.

나는 매일매일 배달로 바쁘게 살았다. 모르던 서울 지리도 알게 되고, 서울사람들의 삶의 모습들도 들여다볼 수 있었다. 특히 창경궁 앞에 있던 몇 개의 최고급 요정에도 납품을 하였는데 내가 평소에 볼 수 없었던 세상의 단면을 어렴풋이나마 알 수 있었다. 한편으로는 돈을 번다지만 마음이 편한 것은 아니었다. 이렇게 돈만 벌고 산다는 게 괜찮은 일일까, 고민이 많았다.

당시 『주간 시민』이라는 잡지가 가판대에 놓여 있었다. 어느 날 표지 기사에서 동일방직 어린 여성노동자들이 똥물을 뒤집어쓴 기사를 보았다. 충격이었다. 유신체제 아래서 모두가 숨죽이고 살아가는데 어린 여성들이 노동조합 활동을 하다가 탄압 받는 모습을 보면서 한편으로는 위로를, 한편으로는 죄책감을 느꼈다. 나도 지금은 이렇게 살지만 어떻게든 민주화를 위해서 헌신해야 한다는 생각을 되새기곤 하였다.

사업은 1년을 못 채우고 끝나버렸다. 어느 날 윤강옥의 매형이 와서 장부를 들여다보더니 돈이 잘 맞지 않는다고 했다. 아무래도 그 형이란 사람이 돈을 빼내간다는 이야기였다. 그리고 매형이 모든 장부를 경찰서에 다니는 친구에게 보여주었다. 결론은 그 형이 사기를 치고 있다는 거였다.

하늘이 무너지는 것 같았다. 그냥 그대로 장사를 했으면 그 형이 빼먹으면서도 장사를 망하게 하지는 않았을 것 같은데 젊은 혈기에 그것을 용납할 수 없어서 경찰서에 수사를 맡겼다. 결국 그 형이 돈의 상당수를 빼내갔고, 혼자 산다는 사람이 다른 곳에 가족들이 있었고, 빼낸 돈으로 가족들이 살 집을 얻었다는 것을 알았다.

그 형은 구속되었고 우리의 사업은 끝났다. 물건만 남았을 뿐 밀린 돈은 받을 수 없었고 우리는 거지처럼 서울 뒷골목에 내팽개쳐졌다.

친구는 집안의 과수원을 팔아서 가져온 돈이었다. 내가 빌린 돈은 가난한 내 누나가 동생을 위해서 빌려다 준 돈이었다. 달마다 이자를 보내야 하는데 그것이 끊기자 연락을 할 수도 없었다. 누님은 혼자서 그 이자를 몇 년 동안 메꿨을 것이다. 그 이후 나는 고향에 다시 돌아갈 수가 없었다. 친구도 마찬가지였다. 친구는 병이 났고 우리는 절망 속에서 인천 연안부두로 어디로 미친놈처럼 싸돌아다녔다. 쓰린 시련이었다.

친구는 다시 광주로 내려갔고 나만 서울에 남았다. 당장 갈 데가 없어서 서울역 쪽방 촌에서 하루하루 방을 얻어서 살았다. 서울역 앞에는 높은 대우빌딩과 남대문 경찰서가 들어서 있었을 뿐 산비탈엔 그때도 다닥다닥 3~4층짜리 쪽방집이 가득했다. 날마다 밤이면 연탄불을 제대로 넣어주지 않는다고 주인과 싸우는 사람들의 소리에 제대로 잠을 잘 수가 없었다. 날품팔이 하는 사람들, 열쇠고리 장사, 구두닦이들. 무작정 서울로 밀려온 시골 사람들이 하루하루 벌어먹으며 날 방을 얻어 사는 곳이었다.

그러다가 중곡동으로 이사를 갔다. 한신대학교를 다니던 친구 최연석과 함께 살았다. 너른 방, 가끔 고향의 선후배들이 찾아와 막걸리를 마시고 갔다. 나병식 선배, 시인 문병란 선생님 등이 후배들 고생한다고 찾아오셔서 하룻밤 걸지게 남진, 나훈아 노래 대결을 하던 기억도 생생하다. 할 일을 제대로 구하지 못해 도서판매 외판원도 해보았지만 신통치 않아서 고아처럼 서울을 떠돌아다녔다. 아무 데도 발 붙일 곳이 없었다.

서울

등불처럼 먼 곳이었다.
하루를 기차를 타고 가야 도착한다는 곳
사람들은 모두 그곳으로 떠나갔다.
이웃집 꽃댕기 매던 누나들이 식모 살러갔다.
공덕동 만리동 고개에서 할미꽃처럼 하얗게 얼은
손 부비며 고향집을 그리워했다는 누님들이 살던 곳
당당한 농부였던 형들도 삼촌도 그곳으로 갔다
왕십리 행당동 산동네로 가서 요꼬를 한다고 했다.
수출품 옷을 짠다고 했다
그렇게 아픈 이별을 했다. 그들은 모두 그곳으로 갔다
어린 우리는 어머니와 함께 비어가는 골목을 지켰다
설이면 운동화며 검은 교복을 사들고
질퍽거리는 흙길을 걸어오던 형이며 누나들
이제 내가 다시 와서 그 바닥에 서성이네
서울은 온통 검은 절망을 뱉아 놓고
그 위에서 화려한 불빛을 쏘아 올렸네.
그러나 화려한 건물 속에 나 들어갈 곳은 없었네

• 엠네스티와의 인연과 노동운동의 꿈

그러던 중에 엠네스티로부터 연락이 왔다. 당시 한국엠네스티지부는 효자동에 있었다. 윤현 목사님이 사무국장을 했고 한승헌 변호사님 같은 양심적 인사들이 엠네스티운동을 전개하고 계셨다. 사무실에 갔더니 이해찬 전총리가 당시 사무국장으로 그곳에서 영문 회보를 제작하고 있었다. 윤현 목사님이 민청학련사건으로 나온 학생들을 지원하는 사업이 있다고 설명해 주셨다. 일본 시민들이 한국 민주화운동을 하다가 출옥한 학생들의 재활을 돕기 위해 모금을 해서 보내준 돈이 있는데 직업훈련기금으로 제공한다는 것이었다. 당시 많은 학생들이 신청을 하였다. 나는 옷을 재단하는 일을 배우겠다고 하였다.

당시 청계천 평화시장에서는 전태일 열사 분신 이후 노동조합운동이 일어나고 있어서, 나도 거기 가서 노동운동을 배우고 헌신하고 싶었다. 구치소에 있을 때, 정윤광 선배, 김영곤 선배 등으로부터 한국사회를 민주화시키고 정의로운 사회를 만들려면 노동자들이 조직되고 노동운동이 활성화되어야 한다는 이야기를 들었기 때문이었다. 일제강점기에도 노동운동이 민족해방운동으로서 큰 역할을 했다는 것을 역사책에서 읽

은 바가 있었기 때문이기도 했다.

엠네스티에서 지원하는 돈을 받아서 평화시장에 있는 재단 학원에 등록을 하였다. 당시 학생들에게 지급되는 지원금이 몇 개월간 학원 등록을 하고 최소 생활을 할 수 있는 비용이어서 가능한 일이었다.

그곳에서 재단하는 일을 열심히 배웠다. 여자들의 옷부터 남성 옷, 잠바, 바지 등등. 그리고 돈암동 산동네 아래 동소문동에 있는 우진실업이라는 수출품 의복제조 회사에 들어갔다. 200여 명 정도가 근무하는 수출 의복 제조회사였다. 주로 레자라 부르는 인조가죽으로 외국인들을 위한 원피스나 잠바, 외투 등을 만드는 곳이었다.

대부분 직원들은 봉재라인의 여성들이었고 남성들은 완성반에서 옷을 다듬거나 정리하여 실어내는 일을 하거나 재단부에서 옷을 재단하는 사람들로 소수였다. 나는 재단부 소속이었는데 반장과 재단사 몇 분만 나보다 나이가 많았고 대부분 이제 갓 시골에서 올라온 열여덟, 일곱 먹은 시다 일을 하는 청소년들이었다. 이제 서울에서 최소한의 근거는 생긴 셈이었다.

나는 공장 가까운 돈암동 산동네로 방을 옮겼다. 일어서면 고개를 수그려야 하고 누우면 발과 머리가 끝에 닿는 꼬막쟁이 같은 아담한 방이었다. 마당에 서면 산 아래 서울 시내가 환히 내려다보이는 전망 좋은 집이었다.

자취를 하면 밥 한 끼가 소중한 법이다. 언젠가 어머니가 한 번 오셔서 라면 한 상자를 사주고 가셨다. 라면이라도 원 없이 먹어 보고 싶었던 시절이었다. 새벽 다섯 시면 일어나서 나가야 하니 제대로 밥을 해먹을 수가 없었다. 냄비에 물을 좀 넣어 연탄불에 라면 하나를 파르르 끓여 먹고 산동네 바위 길을 퉁퉁퉁 뛰어 내려갔다. 나뿐이 아니었다. 새벽일을 나가느라 그 동네 사람들은 새벽이면 모두들 그렇게 골목길을 뛰어 내려갔다. 그리고 밤 열두시쯤 들어오니까 항상 배가 고플 수밖에 없었다. 밥을 해먹기 힘드니 어머니가 주고 간 라면을 연거푸 먹어댔다.

그러자 한 상자를 다 못 먹고 뉘가 났다. 라면 냄새도 맡기가 싫을 정도였다. 라면 먹은 것을 몇 년 동안 그만두었다. 어떻게 질렸던지 라면 냄새도 맡기가 싫었다. 대신 작은 솥단지에 하루 먹을 밥을 한 번에 했다. 밥 할 시간을 줄일 요량이었다. 솥에 밥을 해서 숟가락으로 삼등분 금을 긋고 한 끼씩 나누어 먹었다. 그러나 밥을 먹다 보면 야금야금 숟가락이 선을 넘었다. 반찬 없이 간장만 뿌려먹어도 맛있었다. 그러다 한번 야무지게 혼쭐이 난 적이 있었다. '짜구' 가 난 것이다.

어느 날, 일을 끝내고 그날도 저녁에 밥을 지었다. 그릇을 챙길 것도 없이 솥단지째 방으로 가져와 수저로 떠먹기 시작했다. 그날따라 밥이 얼마나 찰지고 맛있던지 도저히 숟가락을 거둘 수가 없었다. 한 숟갈만, 한 숟갈만 더 먹는다고 한 것이 세끼 먹을 밥을 다 먹고 말았다. 그리고 포만감에 기분 좋게 잠이 들었다. 그런데 잠이 쉽게 들지 않았다. 몸 한쪽이 더워지기 시작하고 숨이 가빠지기 시작했다. 조금 지나자 온몸에 땀이 돋기 시작했다. 가슴과 배가 답답해지더니 나중에는 슬슬 위가 아프기 시작했다. 그러다가 나중에는 위가 쩍쩍 갈라지는 것처럼 아팠다.

그날 밤 나는 온 방을 땀을 뻘뻘 흘리며 기어 다녀야 했다. 위가 팽창할 대로 팽창해서 곧 터질 것만 같았다. 나는 죽을 것만 같은 고통을 겪으며 온 방을 벅벅 기어 다녔다. 그러다가 죽을 수도 있겠구나 싶었다. 새벽이 되어서 겨우 통증이 좀 가라앉았다. 나중에 생각해보니 그게 바로 '짜구 나는' 일이었다. 어려서 어머니들이 아이들이 앞뒤 안 가리고 먹을 것을 탐내면 "그러다가 짜구 날라"하고 야단을 치시던 말이 무엇인지 알 것 같았다. 짜구란 줄어든 배 속에 음식을 너무 많이 넣어서 위가 찢어지는 일을 말한 것이었다.

그 사건 이후 나는 절대 과식을 하지 않으려고 애를 썼다. 한참 먹을 나이인데도 적게 먹고 배고픈 것보다 많이 먹어서 짜구 나는 일이 얼마나 두려운 일인가 제대로 배웠기 때문이었다. 그런데 또다시 그런 고통을 겪은 일이 있었다.

광주교도소에서였다. 그때 전체 한 사동에 살았던 정치범들이 단식을 하게 되었다. 단식은 처음 이삼 일이 가장 힘들고 마지막 끝내고 복식을 할 때가 또 힘이 든다. 그리고 대부분

단식을 끝내고나서 잘못하여 병이 난다. 그러니 주위에서 복식을 잘 하라는 말을 하지만 한참 먹을 때라 단식이 끝나면 늘 먹고 싶은 욕망을 못 이겨 많이 먹게 되었다. 일주일 이상 굶고 나면 온몸이 먹을 것 생각으로 가득 차고 아무리 먹어도 허기가 진다. 단식 끝낸 첫날은 보통 콩밥이 아니라 쌀죽을 쒀 준다. 그것도 많이 주지 않는다. 위가 줄어들고 약해진 상태에서 양을 많이 먹으면 상하기 때문이다. 그런데 그날은 죽을 좀 많이 받았다. 젊으니까 난 괜찮을 거라고 생각했기 때문이었다. 그리고 감잣국이 나왔는데 국을 다 주고 국통 바닥에 남은 죽이 된 국을 두 그릇이나 더 받았다. 그러고 나서 그날 밤 또 짜구가 났다. 위가 찢어진 것이다.

그 일로 해서 나는 몇 년 동안 위병을 앓아야 했다. 밥이건 물이건 음식이 넘어가면 위가 쓰렸다. 위가 쓰리니 먹을 수가 없고 음식을 보면 무서움증이 들었다. 한 번 위가 고장이 나면 여간해서는 낫지 않는다. 상처 난 위 속으로 날마다 음식을 넣어야 하니까. 그래서 교도소 나올 마지막 겨울에는 위장병과 해소 기침을 얻어서 나왔다. 찬기가 몸에 들었던지 찬바람이 가시는 봄까지 한 번 기침을 하면 걷잡을 수 없는 천식을 가지게 되었다. 위장병은 몇 년 후에 나았지만 천식은 거의 몇십 년을 괴롭혔다. 내가 말을 적게 하는 버릇도 거기서 더해졌다. 말만 하면 기침이 쏟아지니까 겨울 동안은 아예 어디 가서든 입을 떼지 않았으니까.

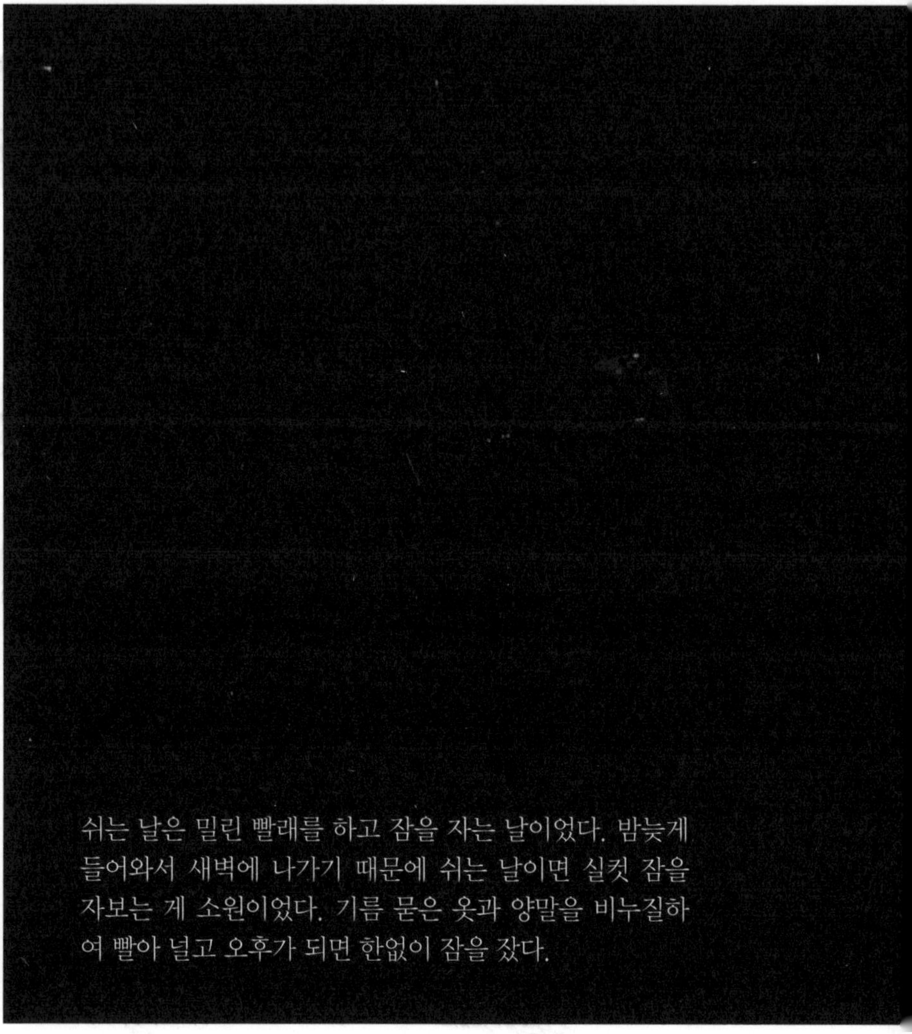

쉬는 날은 밀린 빨래를 하고 잠을 자는 날이었다. 밤늦게 들어와서 새벽에 나가기 때문에 쉬는 날이면 실컷 잠을 자보는 게 소원이었다. 기름 묻은 옷과 양말을 비누질하여 빨아 널고 오후가 되면 한없이 잠을 잤다.

지금도 나는 밥을 좋아한다. 뷔페나 코스 요리가 나오는 한정식집이나 고깃집을 가도 나는 밥이 제일 맛있다. 밥에 김치와 된장국. 아니 밥만 먹어도 맛있다. 공장 다닐 때 먹었던 통일벼 쌀로 지은 풀풀 날아가는 60원짜리부터 아내가 지어주는 찰진 밥까지. 따뜻한 밥 한 끼면 더 이상 먹을 욕심이 사라진다. 그러나 아무리 맛있어도 이젠 짜구 나게 먹진 않는다. 많이 먹는 것보다 적게 먹는 것이 더 편하다는 것을 알았기 때문이다.

태어나서 처음으로 직장다운 직장을 다니니 힘이 났다. 수많은 사람들과 함께한 직장에서 일한다는 것이 신기하고 재미있었다. 그러나 일은 긴장되었다. 처음 하는 일이었기 때문이다. 재단을 배우긴 했지만 바로 재단을 할 수 있는 것은 아니었다. 오랜 보조생활을 해야 가능한 일이었다.

재단에도 단계가 있어서 통 디자인을 하는 재단사가 있고, 그 아래 디자인에 맞춰 커다란 두루마리 종이에 조각을 그려 넣는 마카사가 있었다. 한정된 두루마리 천 안에 최대한 빡빡하게 도면을 그려 넣어야 하는 일이었다. 마카사가 그린 도면을 넘겨주면 칼사는 백 장씩 쌓인 원단 위에 도면을 놓고 흠없이 잘라내야 했다. 그 칼질 또한 고난도 기술이었다.

나는 겨우 디자인과 재단을 배웠을 뿐 실제 현장에서 몸으로 쌓은 기술이 없었기 때문에 어린아이들과 함께 잡일부터 새로 배우지 않으면 안 되었다. 아래층에서 무거운 인조가죽 두루마리들을 올려오는 일, 그것을 일정한 길이로 풀어서 펴는 일, 잘라진 천 묶음을 봉재실에 분배해주는 일 등등.

월급도 적고 일도 허드렛일이었지만 난 기쁘게 일했다. 드러누울 방 한 칸과 세끼 먹을 양식. 그것을 얻는다는 것이 얼마나 소중하고 어려운 일인지 뼈저리게 느꼈기 때문이었다. 생존을 해결했을 뿐 살림살이라 할 것은 없었다. 한 달 월급으로 방값을 내고 하루 세끼 60원씩 하는 구내식당 밥을 먹고 나면 남는 돈이 없었다. 시내버스비도 겨우 할 수 있을 정도였다.

그러나 힘들지 않았다. 노동자들과 함께하면서 노동운동을 할 수 있으리란 희망이 있었다. 당시 학원에 다녔던 사람들은 노동현장으로 취직을 하였고 정윤광 선배 등 몇몇이 한 달에 한 번 정도 만나면서 어떻게 노동운동을 할 것인가 논의하기도 하였다. 그런 희망으로 버텼다. 언젠가 내가 하는 일이 세상을 바꾸는 일이 되기를 바라면서.

그러는 몇 년 동안 아예 집과는 거의 연락을 끊고 살았다. 사업에 실패하고 누님네 돈까지 갚지 못하고 돌아갈 기분도, 염치도 없었기 때문이다. 어머니가 한두 번 다녀갔다. 나는 어머니께 미안해서 견딜 수가 없었다. 혼자 사시는 어머니를 돌보기는커녕 갈수록 걱정만 끼치고 있었다. 결혼하라고 하셨다. 한번은 주인집 아주머니가 소개해준다 하니 한번 만나라고 하셨지만 약속된 날 아침 일찍이 도망쳐 버렸다. 내 한 몸

살기도 어려운데 결혼이라니 당치도 않은 일이었다.

우진실업은 오래 다니지 못했다. 재단부에 일이 생겨서 아래 직원들이 모두 회사를 안 나가는 일이 생겼다. 월급 때문인지, 직원을 부당하게 쫓아낸 일 때문이었는지 기억이 나지 않지만, 몇몇 상급자들 빼고는 재단부 소속 모두 공장 대신 뚝섬으로 놀러가 버렸다. 회사가 난리가 났다. 전에 없던 일이 일어났기 때문이었다.

그러던 중, 어느 날 사장실에서 나를 불렀다. 당장에 나가라는 것이었다. 온갖 욕설을 퍼부었다. 빨갱이 같은 놈이 들어와서 회사를 다 망친다고. 나중에 알고 보니 나를 담당하던 성북경찰서 정보과 담당형사가 회사에 내 신분을 이야기해서 생긴 일이었다. 당장에 쫓겨날 수밖에 없었다.

다시 삶이 막막해졌다. 큰 공장 다니는 것은 쉬운 일이 아니었다. 일일이 이력서를 받고 신원을 확인하기 때문이었다. 나는 엠네스티를 찾아가서 다시 부탁을 하였다. 아무래도 다른 직종으로 바꿔야겠다고. 그렇게 해서 다시 신설동에 있는 한미학원이라는 선반학원을 다녔다. 금속 쪽이 월급도 보다 높았다. 선반공들은 당시에 상당히 좋은 대우를 받고 있었다. 정들었던 우진실업 동생들과 헤어지는 것은 싫어서 거처는 그대로 돈암동에 두었다.

한미학원을 마치고 당장 갈 만한 공장들을 찾아다녔다. 가리봉동 구로공단 오거리를 자주 찾아갔는데 대부분 수출회사들이어서 내가 갈 만한 곳이 없었다. 내 신분상 제대로 서류를 내고는 갈 수 있는 형편이 아니었다. 신원조회를 하면 당장 감옥에서 나온 학생 출신이라는 것이 발각될 것이었기 때문이다.

그래서 일도 배울 겸 작은 마찌꼬바(일본말로 소규모 공장)가 많은 노량진 철공소 골목을 돌아다니다가 작은 공작기계를 만드는 가게에 들어갈 수가 있었다. 날마다 출근하여 하루 종일 기계제작을 하는데 주로 내가 하는 일은 작은 부속에 드릴로 나사줄기를 만드는 일, 용접을 하는 일, 간단한 나사 깎는 일들이었다. 밤늦도록 일하고 한 달에 겨우 한 번 쉬었다.

쉬는 날은 밀린 빨래를 하고 잠을 자는 날이었다. 밤늦게 들어와서 새벽에 나가기 때문에 쉬는 날이면 실컷 잠을 자보는 게 소원이었다. 기름 묻은 옷과 양말을 비누질하여 빨아 널고 오후가 되면 한없이 잠을 잤다.

•다시 국립 감옥으로 유배되다

나는 그렇게 세상의 밑바닥을 살아가고 있었다. 절망을 넘어 언젠가 세상이 좋아지고 어머니와 동생들에게 돌아갈 수 있는 날이 오리란 실낱같은 희망의 끈을 놓지 않고서. 청춘도 젊음도 아니었다. 일하지 않으면 하루도 살 수 없어 기계처럼 살아가는 세상의 밑바닥을 지키는 부속품일 뿐이었다.

아무런 생각도 없이 하루하루 고된 노동을 견디며 살아가고 있을 때, 어느 날 박석률 선배가 찾아왔다. 그도 민청학련 출신으로 힘들 때 가끔 만나서 격려해주던 선배였다. 그가 불쑥 나에게 물었다.

"언제까지 공장에만 그렇게 다닐래?"

"공장에서 뿌리를 내릴 수 있을 때까지 오래오래 다녀야죠."

노동운동을 하겠다는 내 생각을 아는지라 그동안 별말이 없었는데, 그날은 오래 이야기를 나누었다

"박정희 정권은 점점 국민들을 더 심하게 탄압하고 강고해지는데 언제까지 그렇게 밑바닥에서 노동자들을 조직할 건데? 노동자들 몇 명이나 만났는데? 노동조합은 만들 수 있는 거야?"

아픈 데를 찌르는 질문이었다. 1970년대 말 유신체제가 극

에 달할 시점에 노동이라는 말을 하는 것도 힘들 때였다. 더군다나 노동운동을 한다고 하면 빨갱이 공산당을 하는 것이라고 생각하는 분위기였다. 그러니 공장에서 사람을 사귄다고 해서 그런 이야기를 쉽게 할 수도 없었다. 화학공장을 다니며, 선반을 돌리며 몇몇 젊은이들과 친해지고 같이 밥도 먹고 하지만 노동운동에 대한 이야기를 꺼내는 것은 조심스러웠다.

"부지하세월이야. 언제 그렇게 해서 이 독재정권을 무너뜨릴 거야. 사람들 삶은 점점 더 어려워지고 있어. 독재정권이 재벌들만 살찌우게 하고, 공장에서 사는 노동자들, 농민들, 국민들은 말 한마디 못하고 살아야 한단 말이야. 이걸 언제까지 두고 봐야 하나? 이대로 영원히 국민들을 억압하는 정권을 보고만 있어야 한단 말야?"

"그럼 어쩌라고요. 조금만 뭐라 하면 다 잡아가고, 고문하고, 감옥 보내는데 뭘 하자고요"

뭔가 해야 하는데, 나 하나도 지키지 못하고 살면서 뭘 할 수 있다는 말인가? 그렇게 말하면서도 해답이 없었다. 답답하기만 할 뿐 탈출구가 없었다.

사실 당시 민주화운동은 이미 정부의 엄혹한 탄압을 견디지 못하고 다 숨이 잦아들고 있었다. 겨우 종로 5가 기독교회관을 거점으로 매주 목사님, 기독교인 중심으로 목요기도회를 여는 정도가 고작이었다. 어떤 시위도 할 수가 없었다.

1977년인지 1978년인지 광화문에서 시위가 있을 것이라는 소식이 들렸다. 정말 오랜만에 시위라는 말을 들었다. 갑자기 가슴이 뛰었다. 그날을 기다렸다. 뭔가 거기에 가면 숨통이 트일 것 같았다. 마침 주말이어서 시골에서 어머니가 올라오시기로 한 날이었다.

그날 일을 마치고 세종문화회관 앞으로 좀 일찍 나갔다. 여름날이었던지 여섯 시가 가까워져도 거리는 환했다. 여섯 시가 되면 태극기 하강식이 있을 테고, 애국가가 울려 퍼지면 시위가 시작될 것이라고 들었다. 그런데 시간이 되어도 광화문 거리에 아무런 움직임도 없었다. 길 가는 사람들뿐 아니라 정류장 쪽에도 많은 젊은이들, 수녀님들이 서 있었다. 그냥 나온 사람들은 아닐 터인데…….

기다리다가 나는 답답함을 못 이기고 소리를 지르며 광화문 거리로 뛰어들었다. 그러자 여기저기서 사복 입은 형사들이 달려 나왔다. 이미 거리에는 수많은 사복경찰들이 나와 있었던 것이다. 나는 곧장 붙들렸다. 사람들이 우르르 도로로 달려가자 바로 소요가 일어났다. 차 속에서 헐떡거리고 앉아 있는데 이어서 수많은 사람들, 학생들이 경찰차로 끌려 들어왔다.

그날 많은 사람들이 잡혀서 서울 시내 곳곳의 경찰서로 흩어졌다. 나는 다행히 가까운 종로서 유치장으로 들어갔다. 성북서로 끌려가지 않은 것이 얼마나 다행인지 몰랐다. 성북서에 갔으면 곧장 내 담당 형사가 나를 알아봤을 터이기 때문이었다.

그날 밤, 나는 시시콜콜 조사를 받다가 다음 날 늦게 나올 수 있었다. 아마 내가 제대로 조사를 받았더라면 그때 다시 구속될 수도 있었을 것이다. 수사하던 조사관이 내 손톱과 손바닥에 낀 검은 기름때를 보더니 대학생이 아니라 생각하고 풀어준 것이었다. 어머니는 친구 최연석에게 내 대신 터미널에 모시러 나가라고 했기 때문에 다행히 사태를 모르고 계셨다. 내가 어디 연수 가서 못 나온 것이려니 알고 계셨다.

한번은 성수동 공장에서 파업을 주도한 여성 노동자가 갈 곳이 없어 자취방에 며칠 쉬어간 적이 있었다. 다음에 그 여성이 붙들려 숨겨주었던 동아일보 기자, 이화여대 대학생 등등 많은 사람들이 함께 끌려갔다. 그때도 다행스럽게 나는 풀려나왔다. 그냥 선배의 부탁으로 잠을 재워주었을 뿐, 누구인지 몰랐다고 해서 나는 감옥을 가지 않았다. 숨겨주었던 많은 사람들은 모두 감옥에 가야 했다. 그렇게 험한 세월이었다.

어느 날 박석률 선배가 나에게 제안을 해왔다. 더 이상 이대로 바라볼 수는 없고, 그렇다고 드러내놓고 투쟁을 할 수도 없으니 비밀운동을 하는 수밖에 없다며, 노동운동도 중요하지만 함께 비합법 반정부 투쟁을 하자는 것이었다. '민주투쟁국민위원회'라는 단체가 만들어져 이미 활동을 시작했다는 것이었다.

나는 오랫동안 망설였다. 우선 무서웠다. 당시 수많은 학생들이 사소한 일에도 긴급조치로 끌려가 고문당하고, 몇 년씩 감옥살이를 하던 시절이었다. 더군다나 비밀운동을 하다가 붙

잡히면 간첩으로, 빨갱이로 오해받기 쉬울 것이라는 생각이 들어서였다. 하지만 나는 오래 거절하지 못하고 그러마고 하였다. 아무리 생각해도 독재정권을 끝내기 위해서는 무슨 일이라도 해야 했다. 그렇지 않고서는 내 운명도 세상도 바꿀 수 없다고 생각했기 때문이다.

우리는 그 단체 이름을 줄여서 '민투'라고 불렀다. 가끔씩 밤에 시내에 나가서 유인물을 뿌리는 일을 하였다. 박석률 선배 이외에 누가 함께하는지 알지는 못했지만, 나 말고도 누군가 많은 사람들이 함께하고 있다는데 위로를 받았다.

그래도 늘 불안하기는 마찬가지였다. 당시 서울 사대문 안은 가방만 들고 다녀도 불시에 열어보던 불심검문의 시대였기 때문이었다. 그 일도 쉽지 않았다. 유인물을 숨겨서 걸어가노라면 가슴이 콩닥콩닥하였다.

불안한 나날이었지만 한편으로는 희망을 키우는 나날이기도 하였다. 삶의 희망, 언젠가 이 길고 긴 터널 속에서 빛의 세계로 벗어날 수 있으리란 희망이 생겼다. 군사독재정권이 끝나고 민주화가 이루어지면, 불안과 공포도 사라질 것이다. 잡혀가고 고문당하는 일도 없어질 것이다. 부패한 경제도 공정하게 되고, 노동자 농민들 가난한 사람들도 제대로 살 수 있을 것이다. 그런 날이 오면 나도 떳떳한 아들이 되어 어머니에게 돌아갈 수 있을 것이다. 어린 동생들에게 희망을 줄 수 있을 것이다.

어느 날 김남주 선배가 내가 살던 산동네 집으로 왔다. 김남주 선배는 이전부터 광주에서 올라올 때면 가끔 나를 보고 내려갔다. 광주에 살면서 녹두서점을 하던 그는 시를 써가지고 와서 출판사로 전해달라는 심부름을 더러 시키곤 하였다. 서울 놈들 만나기 싫어서라는 이유였다. 그런데 이번엔 후배들과 함께 『파리콤뮨』이라는 일본어 책을 읽다가 후배 학생들이 전남대 교육지표 사건에 연루되는 바람에 배후자로 낙인 찍혀서 서울로 도망온 것이었다. 지인들 집을 전전하다가 한 곳에 오래 머무를 수가 없어 내가 살던 자취방까지 온 것이었다.

오랜만에 고향 선배를 만나서 함께 지내니 행복했다. 그런데 놀란 것은 그도 이미 '민투'에 들어와서 활동을 하고 있었다는 점이었다. 돈암동 산동네는 조개껍질 같은 작은 집들이 산줄기에 가득 들어서 있었다. 뱀처럼 구부러진 바위길 골목마다 어깨가 닿는 낮은 처마의 양철지붕, 슬레이트 지붕들. 화장실이 동네에 하나밖에 없어 아침이면 화장실을 보기 위해 줄을 서야 하는 동네. 벽 하나 사이로 큰방 할머니가 들을까봐 이불을 뒤집어쓰고 속닥거리던 시절. 고통을 함께 나누어질 사람이 있다는 것만으로 행복한 시절이었다.

나는 일에서 돌아와 깊은 밤이면 형과 이불을 덮고 소곤거렸다. 행여 누가 밖에서 들을까 무서웠기 때문이다. 내가 비밀스럽게 반정부운동을 한다는 것, 행여 그런 일들이 발각될 경우 닥칠 그 뒤의 일들이 무서웠다. 차마 그런 사태는 상상할 수가 없었다. 그래서 어느 날 밤 내가 물었다.

광주 망월동 구 묘역에 묻힌 김남주 시인의 시비 앞에서.

"형, 형은 안 무서워요?"

그러자 얼마 만에 그가 나직하게 말했다.

"어쩌겠냐, 어차피 한 번 살다가는 목숨인데……"

그러던 중에 소위 세상을 떠들썩하게 했던 '동아건설 최원석가 강도사건'이 터졌다. 1979년 봄이었다. 나는 조직의 전체를 알 수 없었지만 민주화운동을 하다 보니 운동자금이 필요했던지 지도부는 재벌집에 들어가서 돈을 가지고 나오자는 계획을 세웠다. 두렵고 내키지 않는 일이었지만 당시 군사독재정권 아래에서 민주화운동을 하기 위해서는 어쩔 수 없는 일이라 생각하였다.

내 나이 불과 27살의 일이다.

당시 재벌들은 외국에서 들여온 차관을 바탕으로 새로운 산업을 일으켰고 석유, 건설, 자동차 등의 분야에서 기세등등하게 성장하고 있었다. 동아건설 또한 리비아 등 해외건설 붐으로 잘나가던 재벌기업이었다. 그러나 한편으로는 국민들의 질시를 받기도 하였다. 정부의 특혜 속에서 자란 재벌들은 독재정권을 유지하는 경제적 버팀목 구실을 하였다. 저곡가, 저임금 정책으로 노동자, 농민, 도시 서민들의 삶은 팍팍해지는데, '칠공자'라 불리는 재벌 2세들은 연예인을 농락하고 유흥가를 중심으로 흥청망청 살아간다는 소문들이 구전으로 전파되던 시절이었다.

테러나 폭력적 저항은 본래 정당하지 않다. 그러나 당시 대

다수 국민은 자기표현의 수단마저도 빼앗기고 노예의 삶을 강요당하는 군부독재 아래에서, 우리들은 투옥과 고문 그리고 죽음의 대가로 자유와 정의를 호소할 수 있었을 뿐이다.

인류가 지금까지 생각해낸 가장 인정받은 정치형태는 민주주의이다. 민주주의의 근간은 사회구성원 누구라도 그리고 그 어떤 생각과 사상이라도 자유롭게 표현할 수 있는 이른바 사회적 다양성을 인정하는 데 있다. 그런 점에서 보자면 당시 사회가 극도로 억압당한 상태에서 그 길밖에 없다고 선택한 것이었다. 그래서 그 일에 참여했고 혼자서 제일 먼저 구속되었지만 마음이 편한 것은 아니었다.

어머니 생각이 났다. '불쌍한 어머니, 결국 아들은 이렇게 인생을 끝냅니다. 나 하나만 믿고 살아왔던 불쌍한 우리 어머니'. 그러면서도 몸이 긴장되어왔다. 이제 곧 시작될 수사와 고문의 고통이 얼마나 지독할 것인지, 말로만 듣던 고문을 당한다 생각하니 견딜 수가 없었다. 차라리 죽을 수 있으면 죽어야 한다고 생각했다. 이런 엄청난 일을 내가 감당할 수 있을 것 같지가 않았기 때문이었다.

파출소에 들어가서 화장실에 가고 싶다고 했다. 죽을 곳을 찾기 위해서였다. 그곳에서 혀를 깨물었다. 그러나 순간 혀가 왜 그리 돌처럼 단단해지는지? 나는 결국 죽지 못했다. 이제 이 어마어마한 일을 나 혼자 감당해야 한다. 오롯이 나 혼자 견뎌야 할 시간이 오는 것이다. 무서웠다.

나는 죽지 못했다. 그리고 너는 누구냐, 누구랑 함께 그 집에 들어갔냐, 무엇 하러 갔냐 등등의 지루한 심문이 시작되었다. 조금만 더 버티자, 조금만 더 버티자. 쏟아지는 매를 견디며 나는 참았다. 모르겠소. 나는 모르오. 그냥 먹고 살기 힘들어 그러했던 것뿐이오. 어찌어찌 청계천 부근을 돌아다니다가 알게된 사람들하고 돈 좀 벌어보자고 했던 일이오.

강남경찰서로 옮겨서도 똑같은 심문은 계속되었다. 조금만 더 버티자. 함께했던 동료들이 좀 더 안전하게 멀리 도망갈 때까지 버티자. 그러면서 터무니없는 거짓말로 시간을 연명하였다. 두들겨 맞고 잠 안 재우고 혹독한 시간이 흘렀다.

그러나 결국 매에는 장사 없다고 견디다 견디다 못 견디고, 그 다음 날 나는 불었다. 김남주, 박석삼 두 사람을 불었다. 다른 사람들은 모두 가명을 써서 누구인지 알 수도 없었고, 그 두 사람은 이미 광주 시국사건으로 수배를 당해서 어차피 도망 다니고 있던 사람이었으니까.

나머지 사람들을 다 불어라는 수사가 계속되었다. 두드려 패면서 잠을 재우지 않는 날들이 흘렀다. 거꾸로 발바닥을 묶어 올려 방망이로 내려치면 나중에는 온몸이 에밀레종처럼 쩡쩡 울렸다. 고통이 종소리처럼 온몸에 퍼졌다. 몇 날을 그랬는지 수사가 더 이상 진척되지 않자 나는 성동구치소로 넘겨졌다.

독백

기억할 수 있는 것을 모두 버렸다
그날 화장실에서 혀를 깨물기 전
내가 가진 수첩도 신분증도 어머니의 사진도
그 화장실 속에 버렸다.
이 땅에 올 때는 어머니의 손길 속에서 왔으나
갈 때는 혼자 가는구나
형제도 누나도 어머니도 가는 길을 함께
봐주지는 못하는구나
내 기억도 사라지리라
멀어진 형제들아 친구들아
내가 떠나가는 시간
자네는 좀 더 멀리 달아나게나
이제 다가올 운명은 나 혼자의 것이니
나 혼자 걸어갈 것이네
누구에게 기억해주길 바랄 것인가
그 기억조차 버리고 갈 것이네

성동구치소에 가자 나는 방에서 죄수들에게 조롱거리가 되었다. 내 사건 이야기를 들은 그들은 "니가 강도를 해? 아나, 너나 강도 당하지 말아라." 하고 낄낄거렸다. 일단 수사가 소강상태로 들어가자 급한 위기는 넘겼다는 생각에 안도가 되었지만 한편으로는 언제 어떤 계기에 누군가가 잡혀서 전모가 밝혀질지도 모른다는 불안감이 무겁게 나를 짓눌렀다. 수많은 사람들이 숨어서 쫓겨 다닐 텐데 무슨 사고가 터질지 예측할 수가 없는 일이었다. 제발 잡히지 않고 열심히 운동해서 하루 빨리 독재정권을 무너뜨려주기만을 빌었다.

어려운 시절인데도 인권변호사로 활동하시던 홍성우 변호사님께서 변호를 맡아주셨다. 내 사건을 조사하시면서 난감해 하시고 어이없어 하시던 표정이 지금도 생생하다.

성동구치소에도 긴급조치로 들어와 수감생활을 하는 많은 학생들이 있었다. 그러나 그들은 정치범 사동에 있었기 때문에 나는 함께 있을 수가 없었다. 나는 일반수이기 때문이었다.

가족들은 누구도 면회를 오지 않았다. 너무도 놀라서 어머니는 아마 미쳐버리셨을 것이라고 생각했다. 이전에 긴급조치로 감옥에 갔을 때도 어머니는 정신 이상증세를 보이시며 아이들을 전혀 돌보지 않고 식사도 하지 않으셨다고 들었기 때문이었다. 겁이 나서 누구도 면회 오기를 꺼렸을 텐데 그런 가운데서도 이강 선배와 조성우 선배가 다녀갔다. 정말 고마웠다.

1979년도 여름이 지나고 가을이 되었다. 나는 5년형을 받고 대법원에서 확정되면 이감을 가야 할 형편이었다. 추석을 막 지나고서 내 형이 확정되던 다음 날이던가, 그날 아침 출근하던 교도관들이 수군거리는 소리가 들렸다. 어젯밤에 큰 사건이 터졌다는 것이었다. 강남 어느 아파트에서 숨어 있던 간첩들이 다수 잡혔다는 것이었다. 순간 나는 직감적으로 올 것이 왔다는 느낌이 들었다. 대형 간첩사건이 터졌다는 이야기가 바로 내가 일하던 '민투'의 이야기로 들렸다. 당시 내가 속한 '민투' 같은 민주화운동도 모두 간첩사건으로 모는 초헌법적 긴급조치 시대라 겁이 더럭 났다.

그 말을 듣는 순간부터 몸이 차가워지고 긴장되면서 떨려오기 시작했다. 밥도 먹을 수 없었다. 나는 그냥 드러눕고 말았다. 구치소에서는 낮 시간에는 누울 수가 없었다. 하루 종일 정 자세로 가부좌를 한 채 벽을 등지고 앉아 있어야 했다. 한 방에 살던 사람들은 내가 병인 난 줄 알고 창문 바로 밑으로 눕혀서 간수들 눈에 띄지 않게 해주었다.

그날부터 나는 다가올 고통을 생각하며 온몸을 떨었다. 한순간도 그 떨림이 멈추지 않았다. 먹지도 않았는데 죽죽 설사가 나왔다. 드디어 드러내고 싶지 않은 비밀이 열리는 순간이었다. 비밀 조직이 탄로 나는 일. 그것이 군사정권 아래서 어떻게 설명될지는 너무도 자명한 일이었다. 신문에 거대한 간첩조직이 그려지고, 온 국민들은 놀랄 것이고, 1975년에 죽어간 인혁당 사형수들처럼 그들은 죽어가고 가족들은 울며 헤맬 것이다.

내 가족들이 다시 당할 고통을 생각하면 견딜 수가 없었다. 내게 다가올 고문을 생각하면 견딜 수가 없었다. 저승사자가 다가올 순간을 기다리는 것처럼 나는 덜덜 떨면서 그 시간을 기다렸다. 나는 곧바로 달려올 줄 알았다. 그러나 며칠이 걸렸다.

마침내 접견과 교도관이 나를 데리러 왔다. 접견자가 수사관들일 거라는 예상은 맞았다. 나는 다시 묶여 차에 태워지고 어디론가 끌려갔다.

커다란 건물 안으로 들어갔다. 나는 독방에 감금되었고 곧바로 수사관들이 다가와 예전처럼 종이뭉치를 내밀었다. 이제 일망타진 되었으니 감추지 말고 다 쓰라는 것이었다. 그렇다고 어디서 어디까지 써야 할지 몰랐다. 내가 먼저 다 써버리면 동료들이 고통을 당할 것 같아서였다.

정부는 그 사건을 '민주투쟁국민위원회 사건' 이라고 부르지 않고 '남민전 사건' 이라고 발표를 하였다. 그런 이름이 왜 나왔는지는 재판과정에서야 비로소 나는 알 수 있었다.

그러나 구속된 민투의 조직원 모두 대한민국의 평범한 국민들이었다. 간첩활동을 한 사람은 없었다. 과거 경력이 어떠하든 모두 군사독재정권을 무너뜨리기 위해 운동에 뛰어든 사람들이었다. 대학생, 교사, 교수, 농민, 노동자, 문인, 언론인, 통일운동가, 주부 등 직업도 다양했고 20대 청년부터 70대 노인까지 나이도 다양하였다. 형기도 사형에서 7년, 10년, 15년, 20년, 무기 등 다양하였다. 그러나 이들은 모두 군사정권이 장기집권을 하지 않았으면, 남북이 평화롭게 살았더라면 굳이 그런 험한 길에 들어서지 않았을 누군가의 착한 아버지요 아내요 아들이요 딸이었다.

나는 먼저 확정된 5년 형에 나중에 다시 7년 형을 받아서 도합 12년 형을 받았다. 나와 함께 최원석가에 들어갔던 사람들은 최하 15년에서 무기징역까지 형을 받았다. 대부분 20대에서 40대 나이의 사람들이었다. 모두 아직 미혼이거나 갓 결혼했거나 자녀들이 어린 아버지들이었다.

마지막 최후진술을 하면서 나는 울었다. 재판관을 향해, 구형을 한 검사를 향해, 뒤에서 안타깝게 바라보고 있는 가족들을 향해, 눈물로 호소를 하였다. '제발 다시는 이 땅에 이런 비극이 일어나지 않게 해달라고. 다시는 자식을 잃고, 아비를 잃고 울부짖는 어머니와 아내가 없는 그런 세상을 만들어 달라고.' 그날 우리는 모두들 함께 울었다. 가족들도 울었다.

변론

좌경이 아니라 인간다움의 추구입니다
돈 때문에 사람을 짐승으로 만들지 않는 세상
단지 그런 세상을 만들고자 할 따름입니다

뛰어오른 전셋값을 구하기 위해
놀러온 이웃집 아이를 볼모로 잡아 찜통에 넣어 죽이는
일이 없는 세상, 자식 대학 입학금을 마련키 위해
생명보험을 타자고 앓아누운 제 남편을
독살하는 일이 없는 세상, 병원에 가면
번연히 고칠 줄을 알면서도 자식들에게 빚을 남기느니
차라리 죽음을 기다리겠다는 그런 부모들이 없는 세상
공장으로 술집으로 흘러 다니다 몸 버리고
폭탄주를 마시다 죽어가는 어린 누이들이 없는 세상

다만 그런 세상을 원할 뿐입니다
사람들이 누구나 떳떳하게 일하고
오순도순 누구나 등 두드리며 살아가지 못하고
버려진 깡통처럼 일그러져 나뒹굴다
쓰레기처럼 스러져야 하는 그런 세상이 아닌
열심히 일만 하면

집 걱정, 취직 걱정, 병원비 걱정 하지 않고
두들겨 맞고 끌려가고 감옥에 갈 걱정 없는
사람이 사람다움을 느끼며
사랑으로 아름다운 그런 세상을 원할 뿐입니다
개나 돼지만도 못한 그런 삶을 거부하는
인간으로서 최소한의 요구요 몸짓일 뿐입니다

이 일을 겪으면서 나는 역사의 냉혹함, 국가제도의 잔혹함을 철저히 보았고 깨달았다. 사람이 세운 국가라는 제도로 인해서 그것을 만든 국민이 고통을 받고, 사형을 받고 죽기까지 하는 일을 보았다. 국가란 국민을 위해 만든 조직이지만 그 이름으로 국민을 죽일 수도 있다는 사실, 국가란 다 좋은 것만이 아니고 언제든지 무서운 괴물이 될 수 있다는 사실을 체험을 통해서 배우게 된 것이었다.

그러면서 언젠가 민청학련 사건으로 풀려나와 해남 이강 선배의 집에 가서 읽었던 국가보안법이 생각났다. 법대를 다녔던 선배의 집에 법전이 있었는데 감옥에서 그렇게 무섭던 '국가보안법', '반공법'이 무엇인가 궁금하여 떠들어 보게 되었던 것이다. 국가보안법에 '정부를 참칭僭稱하거나 국가를 변란할 것을 목적으로 하는 국내외의 결사 또는 집단'을 구성하고 그 수괴가 된 자는 사형에 처한다는 내용이 있었다.

그때 붙잡혀 가마에 앉아 끌려가던 전봉준 장군이 떠올랐다. 동학농민군의 수괴였던 그도 효수를 당하였다. 수괴라는 말이 주는 무서움. 총책임자였던 이재문, 신향식 선생도 수괴라서 사형을 언도 받았다. 수괴의 무서움.

나는 그날 이후로 수괴라는 말이 두려웠다. 어떤 조직이건 수괴가 되지 마라. 큰 조직이건 작은 조직이건 국가에 저항하면 수괴가 되어 사형당할 수도 있다. 죽을 수도 있다. 지도자가 되지 말아라. 조직을 지킬 수 없으면, 조직을 책임질 수 없으면, 지도자가 되지 말아라. 일을 그르치지 않을 자신이 있는 사람만 지도자가 되어라.

그래서 지금도 나는 선뜻 책임을 져야 하는 자리에 앉는 것이 무섭다.

재판을 받으며 나는 성동구치소에서 영등포구치소로, 다음에는 서울구치소로 이감을 갔다가 광주, 대구를 거쳐 마지막에 다시 예전에 살던 전주교도소로 이감을 갔다. 내 몸이 내 몸이 아니었다. 갇힌 몸은 이리 가라면 이리 가고, 저리 가라면 저리 가야 하는 신세.

나는 그렇게 떠돌아다니다가 다섯 개의 겨울을 맞으며 1983년 12월 크리스마스 특사로 석방되었다. 그 기간 동안에 박정희 대통령이 시해를 당하였고, 12·12 전두환 신군부의 반란사건이 있었고, 민주화의 봄이 있었고, 5월 광주학살이 있었다. 그리고 또다시 전두환 군사정권이 들어섰다.

어머니는 영등포 구치소에 있을 때 겨우 처음 면회를 오셨다. 오히려 울지 않으셨다. 아들을 위로하고자 하는 마음이었으리라. 어머니는 그 뒤로 내가 서울에 있는 동안 서울 화곡동 어디선가 식모살이를 하면서 면회를 다녔다. 지방 교도소로 내려간 뒤로는 다시 광주집으로 내려가서 밤 열차를 타고 대구로 전주로 면회를 다니셨다.

나는 감옥 안에서 비켜서 있으면서 무섭게 역사의 격랑이 대한민국을 휩쓸고 가는 것을 보았다. 박정희 대통령이 죽었을 때는 내 목숨이 죽지는 않을 것 같다는 희망에 들떴고, 서울의 봄이 왔을 때는 어쩌면 빨리 나갈 수 있을지도 모른다는 희망을 가졌다. 그러나 5월 광주학살 사건의 이야기를 감방에서 전해 들으면서 밤마다 눈물을 흘리기도 하였다. 내 손으로 아무것도 할 수 없었다. 나는 이리저리 끌려다니면서 독방에서 책을 읽고 생각하고 운동을 할 뿐이었다. 다행이었던 것은 감옥 안인데도 읽을 만한 좋은 책이 있었고, 좋은 선후배들이 어느 감옥을 가나 곁에 있었다는 점일 것이다.

내게 정의로운 신에 대한 든든한 믿음을 갖게 해주신 함세웅 신부님, 땅의 역사, 자본의 역사를 자세하게 가르쳐 준 권영근 선배, 절절한 해방의 시를 써서 용기를 불어넣어주던 김남주 시인, 늘 사회운동의 중요성을 일깨워주던 박석률 선배 등등 많은 선배들이 곁에서 나를 붙들어 주었다.

감옥에서 남는 것은 시간밖에 없기 때문에 밖에서는 읽기 어려운 책들을 마음껏 읽을 수 있었다. 지금 같으면 엄두도 못 낼 『장길산』, 『토지』, 『태백산맥』등 우리 선조들의 삶을 다룬 대하소설들을 모두 읽을 수 있었다는 점이다.

이제 나는 '나'가 아니었다. 새로운 나였다. 감옥은 나만을 위해서 살 수 없는 그런 존재로 다시 태어나는 과정이었다. 감옥에서 나는 간간이 시를 썼다. 두꺼운 책 여기저기에 적어두었다. 그리고 나와서 몇 년 후에 『눈물도 아름다운 나이』라는 시집으로 묶었다.

•감옥에서 쓴 시

감옥은 공부하고 명상하기엔 좋은 곳이지만, 아무것도 실천할 수 없는 공간이었다. 몇 년을 책을 읽어도 그냥 머릿속에 담아둘 뿐, 가족을 위해서 밥이 되지도 못하고, 세상의 눈물을 닦아주는 데 손수건 하나도 될 수 없다는 것이 견디기 힘들었다.

언젠가 광주교도소에 있을 때 편지가 한 장 왔다. 어머니가 커다란 달력 한 장 뒤에 연필로 굵게 가득 써서 부친 편지였다. 너 하나를 믿고 온갖 모진 세월을 살아왔는데 네가 감옥에 가니 이제 내가 무엇을 믿고 살 것이냐는 속에 있던 설움과 원망을 풀어놓은 편지였다. 그때마다 그런 어머니를 위해 아무것도 할 수 없고 세월만 간다는 게 야속했다.

더 이상 나아갈 곳이 없는 나는

어머니 울바자에 호박순을 올리듯
나는 쇠창살에 나팔꽃을 올리고
어머니 어둠 속에 보리쌀을 갈듯
나는 안개 속에 생각의 맷돌을 돌리고
어머니 초벌 불에 보리밥을 젖히고
울바자에 손 내밀어 애호박을 따듯

나는 맺혀 있는 꽃봉오리 봉오리마다
열리는 하루의 첫 얼굴을 건져 올리는데
호박순 사이로 올라온 어메의 두 손처럼
나는 당당히 내어 밀 손이 없다
밥을 짓고 어머니는 새벽일을 가시는데
나는 이슬 털며 걸어갈 길이 없다
어머니보다 더 젊은 나는
이 새벽 창백한 잎사귀처럼
그저 바라만 보고 서있을 뿐이다.

어머니는 다달이 거르지 않고 먼 길 밤차를 타고 오셨다. 볼 때마다 점점 흰머리와 주름이 늘어가고 허리가 굽어지시는 것을 보는 것은 마음 아픈 일이었다. 그러나 언제나 밝게 웃으셨다. 아들에게 서러운 얼굴을 보이기 싫으셨던 것이다. 그럴 때마다 돌아서는 나는 눈이 벌개졌다.

면회 후

한 번도 내게 와서 울지 않으셨다
해 맑은 날에도
비 오는 날에도
찬바람 불고 흰 눈
내리는 날에도
언제나 어둡기는 마찬가지인
30촉 백열전등 아래 철망을 붙들고
애써 입가에 웃음을 웃으시며
내 입만 바라보고 계셨다
'말씀 좀 하세요' 하면
니 말하는 것 조금이라도 더 보고 싶다 시며
그저 얼굴만 바라보고 계실 때
내 눈 앞에 수천의 어머니가 보이고
내 눈 앞에 수만의 흰 옷자락이 날리고
그 속에 짓이겨지는 듯한 통곡이 들리고……
언제나처럼 나 먼저 나와야, 뒤돌아서 가시는
어머니를 만나고 돌아오는 길은
떼는 걸음걸음마다
밟혀 부서지는 것들이 있어
벌겋게 신 뒤축에 고이는 것이 있어

낮 시간엔 책을 읽거나 밥을 먹거나 움직이는데 밤만 되면 어머니와 가족들 생각이 났다. 생각만으로도 그냥 눈물이 주르륵 흘러내렸다. 아버지 없이 먼 산으로 나무하러 가던 일, 뒷산 몰랭이 밭에 고구마를 캐어 이고 지고 내려오던 일, 너무 힘들어 내가 크면 뒷산까지 케이블카를 놓겠다고 떠벌리던 일, 겨울이면 거문도, 손죽도까지 몇 달 동안 대바구리며 수예품 장사를 나간 어머니를 동생과 함께 기다리던 일 등등, 수많은 기억들이 밤마다 영화처럼 천장에 흘러 지나갔다.

겨울 추억

보리갈이가 끝나면
까마귀 떼가 오지
까마귀 떼가 오면 우리 엄니
겨울 장사 떠나가지
담양 장에 대바구리
바리바리 쳐서 부치고
나로도 거문도 물길 타고
객지 장사를 떠나가지

물살이 세어서 못 오시는지

깔린 외상 못 받아서 못 오시는지
눈발이 천지간에 내려 쌓이고
뒤주 속에 고구마도 바닥이 나면
토방 끝에 서 있는
누나 등에 업혀서
긴긴 겨울 어머니를 기다리며
동구 밖에 떠오르는
까마귀 떼를 보았지

나는 감옥에서 어머니를 위해서 어떻게든 강건하게 살아야 한다고 다짐을 하였다. 평생 고생만 하고 살아온 내 어머니, 아니 내 어머니와 똑같은 수많은 내 땅의 어머니들이 더 이상 눈물 흘리지 않고 살 수 있는 그런 나라, 그런 세상을 만들어 주어야 한다고 다짐을 하였다. 어머니는 나를 살아 있게 하는 버팀목이었고 힘이었다.

교도소에 살면서 가장 힘든 일은 어쩔 수 없이 단식투쟁을 해야만 하는 일이었다. 주로 교도관들로부터 가혹행위를 당하거나 교도소의 부당한 행정, 수인들의 감옥생활을 개선하기 위해 행형법을 개정하기 위한 투쟁 등이었다. 때로는 감옥 밖의 정치상황에 맞추어 정치투쟁으로 단식투쟁을 하기도 하였다.

그러나 감옥 안에서 밥을 굶는다는 일은 말처럼 쉽지 않았다. 우선 배가 고프고 힘이 떨어지면 끊임없이 내 안에서 치솟는 먹고 싶다는 욕망을 이기기가 힘들었다. 그리고 단식을 중단시키기 위해 교도소에서 강제로 데려다 묶고 목 안에 호스를 넣고 죽을 밀어 넣는 것도 무서운 일이었다. 그런 과정을 겪으면서 교도소내의 수인들의 대우도 점점 나아졌다.

단식 1

굶주리지 않기 위해
살기 위해서 하는 싸움에
굶주림으로 죽음으로 맞서야 할 필요는 없지만
절벽처럼 막아선 것들 앞에서 양심의 호소란
바지랑대 끝에 앉아 흔드는
잠자리 날갯짓만도 못한 것이지만
자유를 얻기 위해서 자유를 뺏겨야 하는
사랑을 얻기 위해서 사랑을 뺏겨야 하는
행복을 얻기 위해서 행복을 뺏겨야 하는 땅
어느 것 하나인들 제대로 주어지지 않은 땅에서

굶주리지 않기 위해, 살기 위해 싸우다
손과 발과 목소리마저 빼앗기고
최후에 사람다운 의젓함마저 빼앗길 때

밖으로는 힘으로 짓밟으려는 자들에게
안으로는 굴복하려는 또 다른 하나의 나에게
단 하나 남은 것,
두드려봐야 먼저 부러질 회초리 같은 것
굶주리지 않기 위해 굶주림으로
죽지 않기 위해 죽음으로
최후에 내 뜻대로 처분할 수 있는
허락된 생명권의 저당으로 싸우느니.

단식 2

누구는 정의를 생각하기도 한다지만
누구는 역사를 생각하기도 한다지만
나는 밥 판에 실려 가는 보리밥 냄새
된장 푼 무국에 몸부림치고
잘 구운 설탕 버무린 도나쓰
푼더분한 시장 속 밥집 국밥의 환상에 시달리고

떡가루 같은 흰 눈이 천지에 내린 날
비틀거리고 기어가 창 밖을 내다보면서
철벽같이 싸늘하게 죽어버린 저들의 양심을 생각하면서

나를 위해 바라보는 이들 너무나 멀리 떨어져 있음을
내 육신 날리는 저 눈꽃송이만도 못함을
굶주림의 호소가 결코 무기가 되지 못함을 알면서
어린아이 손에 쥔 회초리만도 더 못한
양심의 회초리 비참하게 휘두르지 않으리라 하면서도
나아갈 길이 없을 때
손발이 묶이우고 목소리마저 빼앗겼을 때
살기 위해서, 최후의 의젓함을 지키기 위해서
불꽃으로 날아드는 풍뎅이처럼
육신을 소모시켜 영혼의 비상을 시도하지만

싸워야 할 것들과
피 튀기며 싸워야 하는 순간에

누구는 적들을 생각하고
누구는 증오로 타오른다고 하는데
나는 어머니가 지어주시던
윤기 흐르는 쌀밥과 싸우고
가기를 멈춰버린 듯한 지루한 시간의 흐름과 싸우고
행여 이러다 맞아죽지 않을까
혹은 모르는 새 죽어가 버리지 않을까
주저앉아 무릎 꿇으려는 내 속의 나와 싸우고

이 얼마나 무서운 것이냐
육신의 저택을 쉬 떨쳐 오르지 못하는
땅 위에 맴도는 나의 영혼이여.

감옥은 세상을 바로 공부하는 학습장이었다. 가난하고 힘없는 수많은 사람들이 감옥에 들어왔다. 나라의 법으로는 범죄자들이었다. 그러나 나는 그 밑바닥에 범죄를 양산하는 사회구조가 있다는 것, 그것을 유지하면서 권력을 쥐고 힘없는 국민들을 억압하며 부를 쌓아가는 소수의 권력자들이 있다는 것을 깨닫게 되었다. 부패한 세상 속에서 사람들은 불법적인 방법으로도 돈만 많이 벌면 된다고 생각했다. 그런 지배 시스템 아래서 힘이 없는 사람들은, 그리고 거기에 저항하는 사람들은 죽거나 감옥에 가거나 할 수밖에 없었다. 1970년대 그리고 1980년대는 심지어 여배우들까지도 권력에 몸을 상납하지 않으면 안 되는 시대였다.

독재정권이

독재정권이 여배우들을
모두 창녀로 만들어버렸다고
누군가는 이야기했다

몸뚱아리 하나밖에 가진 것이 없는 이들이
살아남기 위해, 돈과 총 가진 자들의 손에 농락당하고
온 나라의 부가 흥청망청, 일부 가진 자들의

전유물이 되어 녹아나는 시대에

진실을 말하는 이들은
어둠 속 지하 감방에서 흔적도 없이 스러져가고
분노의 눈물을 잃지 않는 이들은 일자리에 내쫓겨
절망의 벼랑 끝으로 내몰리는 시대에

어찌 그것이 여배우뿐이었으랴
눈물과 양심이 오히려 독이 되고
불온이 되고 죽음이 되는 시대에
숨 붙어 살아남기 위해

채이고 짓밟히고 능욕을 당하고……
비루먹은 말처럼 시대의 밑바닥을 헤매는 일이
어찌 그들만의 일이랴
그들만의 운명이었으랴

독재정권 아래서 국민들은 마음 놓고 자신의 생각을 드러낼 수 없었다. 국가보안법, 반공법은 독재 권력에 대한 반대자, 비협조자들을 어떻게든 잡아가고 고문하고 공포로 억압하는 도구로 악용되었다. 민주주의는 죽고 오직 공포만이 세상을 지배하는 힘이었다.

돌아오지 않는 사람들

어둠과 함께
불시에 들이닥친
건장한 사내들
신발도 벗지 않고
아랫목 홑이불을 걷어차고
어린 것들의 눈앞에서
끌고 갔지
사랑하는 사람들

목덜미에
찬바람이 스치는 계절
삶은 피고름이 되어
목구멍 끝까지 차오르는데
떠나간 사람들
돌아오지 않네

간간이
어느 바닷가
철사줄에 묶여
떠오르기도 한다 하고

혹은 인적 끊긴
동굴 속, 벌거벗긴 채
발견되기도 한다 하고
아니면, 어딘가
살아 있긴 할 거라고 하기도 하고

알 수 없어라
내 땅 어디에
살아 있는지
죽었는지조차 몰라
담벽에 나붙은 수배자 명단
초겨울 싸락눈을 맞으며
잔기침 쿨럭거리듯 흔들리는데
거기도 없구나
한 번 가면
오지 않는
오, 정의의 사람들

제2부

YMCA에서 시 민 을 만 나 고

•두 번째 출소와 귀향

1983년 겨울, 크리스마스를 이틀 앞둔 12월 23일, 나는 또 다시 전주교도소에서 두 번째로 감옥을 나왔다. 지난번같이 똑같은 겨울이었다. 이번에는 특사라지만 분위기가 무시무시 하여 가족들의 환영도 없었다. 나가기는 하지만 보안관찰법이 생겨서 교도소 정문을 나서자마자 바로 차에 태워져 경찰서로 가서 신고를 먼저 해야 했다.

보안관찰 대상자는 거주지를 벗어나 어디를 가든 경찰서에 신고를 해야 하는 것이 기본이었다. 그리고 2년마다 한 번씩 그 결과를 보고 개전의 정이 보이면 보안관찰에서 풀어준단 다. 조선왕조 시대로 말하면 위리안치라고나 할까. 전두환 대통령 시절에 국민 유화정책으로 특사를 베풀어 정치범 일부를 풀어주긴 했지만 그렇다고 민주화 인사들에 대한 감시와 탄압을 멈추지는 않았다.

함께 들어간 동료들은 여전히 감옥에 있었다. 15년, 무기 징역형을 받고 언제 풀려 나오리란 기약도 없었다. 박정희 군사 정권에서 전두환 군사정권으로 이름만 바뀌었을 뿐, 세상은 아직도 군사독재정권이 지배하고 있는 것이다. 몸은 자유스러워졌지만 세상 속에 나온 내 마음은 여전히 갇혀 있고 감시의

눈초리 속에서 살아가야 했다.

이십 대 초에 감옥을 가서 두 번째 감옥을 살고 나오니 나는 이미 삼십 대 초반의 아저씨가 되어 있었다. 마음은 여전히 이십 대 청춘 그대로인데 다른 사람들은 나를 아저씨로 보았다. 이듬해 복학이 되어 4학년으로 복귀하여 수업시간에 들어갔더니 젊은 대학생들이 나를 이상하다는 듯 바라보았다. 1974년 봄에 학교를 떠났다가 1984년 봄에 돌아왔으니 그럴 수밖에. 나를 기억해주는 사람은 이미 나이 드신 교수님들과 학교 교정을 떠돌며 떡을 파시던 아주머니뿐이었다.

그중에서도 잘된 일은 나 때문에 고생 많이 했던 친구 서상준이 모교의 교수가 되어 있었다. 이환묵 교수님도 언어학 공부모임에서 교수가 나왔으니 흡족해 하셨을 것이다.

젊은 시절, 세상 속으로 떠돌다 학교 교정에 다시 서니 그십 년이 먼 전생의 일처럼 느껴졌다. 화사한 봄볕 아래 즐겁게 걸어 다니는 학생들을 보면서 나는 미국작가 워싱턴 어빙의 소설에 나오는 '립 밴 윙클' 이 된 느낌이었다. 영국 식민지 시절에 살았던 '립 밴 윙클' 이 산속에 들어가 술을 마시고 실컷 자고 일어나 마을로 내려와 보니 자기가 살던 마을에 아내도 없고, 마을 사람들도 전혀 알 수가 없고, 식민지에서 미합중국이 되어 있더라는 이야기다.

감옥에서 나름대로 세상의 흐름에 대해 공부했다고 생각했는데 막상 세상에 나오니 이상한 나라에 온 사람처럼 쉽게 적응할 수가 없었다. 날마다 도서관에 들어가 과거 신문을 펼쳐 읽었다. 조금이라도 세월의 변화를 실감해보기 위해서였다. 그러나 머리로 이해한다고 이해되는 것이 아니었다. 사람들도 달라져 있었고 문화도 달라져 있었다.

우선 들어갈 때 아기였던 조카들이 이미 중학생, 고등학생이 되어 있었다. 가족들도 이미 나이가 들었다. 어머니는 그새 흰머리 가득한 칠십이 되었다. 작은 몸이 참새처럼 더 작아져 있었다. 가족들의 생계가 어렵기는 마찬가지였다. 여동생은 어렵게 결혼을 하였고 막냇동생은 순창읍에서 농기계공장에 다니고 있었다. 동네 사람들의 가난함도 여전하였다.

내가 특사에 나갈 것이란 소식이 들리자 어머니는 오랜 떠돌이 객지살이를 접고 순창 고향마을로 돌아오셨다. 아들을 위해 작은 집을 하나 구해서 도배를 하셨다.

잠시 어머니를 따라 고향에 돌아가 살았다. 고등학교를 졸업하고 거의 십오 년 만에 돌아온 고향이었다. 그러나 이미 옛날 농촌이 아니었다. 많은 집들이 비었고 나이 드신 어른들은 모두 돌아가셨다. 이제 이 들판에 농사를 누가 지을까?

그해 추석 명절을 쇠기 위해 어머니와 풋나락을 훑어서 올벼쌀을 만들기 위해 뒷들에 나갔다. 아무도 없는 들판, 한 시절이 흘러버렸다. 다시는 이제 그 옛날이 오지 않을 것이라는 생각이 들었다.

귀향

무엇을 위해 달려 왔던가
밤 내 잠 못 이루고
어둠 속으로
바람을 잡으러 왔더냐
아니면 벼이삭 위로
빛나는 달빛을 거두러 왔더냐
마을에 불빛도 사라졌다
남아 있는 이들은 이제 모두
기다림을 그만두어버렸다
체념의 깊은 베개를 베고
우물 속 같은 정적의 어둠을 맞는다
나는 이제 안다
이것이 또 하나의
종말의 시작이라는 것을
허리 굽은 어머니 뒤를 따라
밭두렁을 걸으며
올벼를 훑거나
애호박을 따는 일이
수없는 세월의 징검다리를 건너
아주 멀리 가버리는

물길 같은 것이라는 것을
다시는 돌이킬 수 없는
소리 없는 또 다른 몰락이라는 것을

어린 날 아버지를 여의고 민청학련사건 후, 처음으로 찾아간 아버지.

오랜만에 아버지 묘를 찾았다. 긴급조치로 풀려나온 1975년도 겨울에 처음 찾아뵙고 그 이후 또 십여 년이 흘러 찾아뵌 셈이었다.

아버지는 5·16이 나던 해 봄 돌아가셨다. 춘궁기가 끝날 무렵, 보리 모감지가 누렇게 익어가던 시절이었다. 양식이 떨어져 풋보리를 베어다가 전날 저녁 콩나물죽 한 그릇 드시고 다음 날 새벽에 돌아가셨다. 지게에 망옷을 지고 어둑한 시냇가 방둑길을 지나가시다가 둑 아래 물속에 떨어져 그대로 돌아가셨다. 쉰도 안 되어 돌아가셨던 아버지.

어머니는 세월이 흘러서인지 아버지 묘 앞에서 별로 슬픈 기색을 보이시지 않았다. '느 아버지 생각할 새도 없었어. 느그덜 델꼬 사느라고……' 아버지도 어머니도 힘든 세월을 사셨다. 6·25 전란의 한가운데 휩쓸려 가족들을 잃거나 떠나보내고, 아버지마저 보내고 어머니는 자식들 굶기지 않고 키운 것 하나만으로도 당당하셨다. 그런 어머니 앞에서 나는 한 번도 아버지가 없다는 것을 느껴보지 못하고 살았다.

산소 앞에 서니 어린 날 지극하게 자식들을 예뻐하셨던 아버지가 그리웠다. 지게에 나를 태우고 풋나무를 하러 산등성이에 올라가던 기억이 아슴푸레하게 떠올랐다.

성묘

가을 해는
돌아서라고
이제 그만 돌아서라고
물 마른 나뭇가지를 흔들며
옷섶을 잡고 속삭이는데

사람의 발길도 끊긴
산길
아득도 하여라
풀섶에 쌓여
가리워진 상석처럼
이제는 희미해진
아버지 얼굴

내 살아온 세월만큼이나
더 먼 세월 저편에서
허위허위 달려와
휘청거리는 발걸음
다잡아 세우시며

흔들리는 억새 줄기로

앞서 걸음 떼시는

아버지, 머리 센 아버지

전생에 아버지는 소였을까? 눈이 큰 아버지는 언제나 소 같은 눈으로 나를 바라보고 계신다. 이발소에 데리고 가서 키 작은 나를 의자 위에 목판을 걸쳐 앉혀 놓으시곤 내 상고머리가 다듬어지는 것을 거울 속 어깨 뒤에서 바라보고 계셨던 것처럼, 아비가 된 지금도 늘 내 뒤에서 지켜보고 계신다.

•새로운 세상, 순천 YMCA를 만나다

나이 서른이 넘어서 이제 무슨 일을 해야 할까? 낯선 세상에 발을 내린 이민자처럼 무엇을 해야 할지 조심스럽기만 했다. 이제 다시는 실패하면 안 된다. 이제 다시는 감옥에 가서는 안 된다.

여름방학이 되어 교생실습이 있었다. 윤강옥과 함께 교생실습을 광주석산고등학교로 나갔다. 여름방학 특강까지 몰아서 수업을 하였다. 학생들을 가르치는 일은 무척 재미있었다. 당시만 해도 사립학교에서는 임용교사 없이 교사들을 채용하던 시절이라 교수님들께서는 시내 사립학교로 자리를 알아보시겠다고 하였다.

서울에서는 일월서각 김승균 선생께서 함께 출판사 일을 해보지 않겠냐고 제안하였다. 좋으나 궂으나 정이 든 서울이었다. 가보고 싶은 생각도 들었다. 당시는 전두환 군사정권에 저항하는 운동이 치열하였다. 민통련, 민청연 등에 들어가 일해보고 싶은 생각도 들었다. 그때 사계절 출판사를 하던 후배 김영종이 어느 자리에선가 나에게 조언을 하였다.

"선배는 서울에 올라오지 마세요. 저 먼 지역으로 내려가서 거기서 다시 시작하세요."

후 학기 수업이 끝나갈 즈음이었다. 국문과 박준규 교수님

YMCA에서 만난 동료 시민운동가들과 함께 새로운 희망을 찾아서.

이 광주 시내 모 고등학교에 국어교사로 소개를 해줄 테니 기다려보라고 하였다.

그럴 즈음에 이강 선배로부터 만나자는 연락이 왔다. 금남로에 있는 와이다방에 나갔더니 당시 한국 YMCA전국연맹에서 일하는 이창식이란 분을 소개해 주었다. 와이엠시에이에서 일해보지 않겠느냐는 제안이었다. 그때는 광주YMCA에서 가끔 사회교육강좌를 한 적이 있어서 들러본 적은 있었지만 YMCA가 무슨 일을 하는지 전혀 알지 못했다. 그러나 내가 존경하는 선배의 제안이고 이창식 선배님도 훌륭한 분이라고 생각되어 순천YMCA를 찾아가 보기로 하였다. 요즘 같으면 한 달 동안 인턴 생활을 해보기로 한 것이었다.

전라도에서 태어났지만 그때까지 광주 아래, 전남 지역을 가본 적은 거의 없었다. 대학 2학년 때인가 친구 지병철의 어머니 회갑 때 고흥반도에 내려가 본 것, 쌍계사, 천은사 답사 갔던 것 등 손가락으로 꼽을 정도였다.

순천행 버스를 타고 내려가는 길은 아름다웠다. 나지막한 산줄기와 그 사이사이로 오밀조밀하게 펼쳐지는 들판, 은빛으로 흘러가는 보성강 줄기, 한가하게 가을 햇살을 받고 있는 작은 마을들. 순천 웃 장터에 내려서 YMCA 사무실을 찾아가는데 길을 잘못 들었던지 동천이 나왔다. 도시 한가운데 작은 시내가 흐르고 있었다. 가을이 지나가고 있었던지 사람이 드문 도시가 좀 쓸쓸하게 느껴졌다.

시청 부근에 있는 아담한 3층 건물이 순천YMCA였다. 맘씨 좋게 생긴 이래일 총무님이 맞아주셨다. 대학Y 회원인 나종필의 자취방에 함께 살도록 해주셨다. 1층은 Y신용협동조합이 사용하고 있었고 2층은 강당과 사무실, 아기스포츠단 교육공간, 3층은 입시학원 임대공간으로 쓰이고 있었다.

그곳에는 내가 그동안 전혀 만나보지 못한 사람들이 드나들고 있었다. 어유아들부터 초등학생, 고등학생, 대학생, 청년, 주부, 성인들까지. YMCA가 시민들의 사회교육기관이었다. 유아교육기관인 아기스포츠단과 방과 후 초등학생 대상 어린이교실, 주말이면 고등학교 클럽들이 모여서 자율적인 클럽활동을 하였다. 그리고 밤이면 몇 개의 대학생클럽과 청년클럽들이 회관에 와서 모임을 하면서 자율적인 봉사활동들을 하였다. 방학이면 초등학생 대상으로 각종 캠프를 열었고, 시민사업부가 있어서 시민들 사회교육, 독서교실 등의 프로그램으로 시민교육 프로그램을 운영하고 있었다. 전국적으로 함께해야 할 일이 생기면 강연회를 열고 유인물을 찍어 시민들에게 나누어주는 캠페인 사업도 하였다. 내가 갔을 때는 전국YMCA가 '외채문제 해결을 위한 시민자구운동'을 펼치고 있었다.

양담배 안 피우기, 국산 타이어 사용하기 등등 거리에서 캠페인을 하였다.

그런데 그 많은 일들을 몇 안 되는 직원들이 해내고 있었다. 물론 회원들이 돕기는 하지만 어차피 준비하고 실제 발로 뛰는 것은 직원들이었다. 아기스포츠단 여선생님 세 사람, 차량을 운전하는 남자 기사님 한 분, 그리고 회계와 사무를 보는 어린 여성과 총괄하는 이래일 총무님, 총 여섯 명이 그 많은 일들을 해내고 있었다. 대학생들과 청년들이 자원봉사로 도와주었다. 모두 인근 농촌에서 온 순박한 청년들이었다.

그곳에서 나는 이제야 사람들이 사는 세상으로 돌아왔다는 느낌을 받았다. 일상의 사람들을 만날 수 있었다. 밥 먹고 일하고 저녁이면 모여서 이야기 나누며 놀고, 그렇게 살아가는 대학생, 청년들이 나를 좋아해주었다. 그들과 함께 소박하지만 세상의 일을 이야기하면서 함께 고민하는 것도 좋았다. 나를 좋아해주는 사람들이 있다는 것이 또한 좋았다.

약속한 한 달이 다 되어갈 때쯤 나는 고민에 빠졌다. 교수님께서 모 고등학교에서 교사로 채용하기로 했으니 올라오라고 하셨다. 졸업논문도 제출했으니 이제 바로 부임해도 학교수업에는 별로 지장이 없었다. 지난여름 교생실습 때 아이들과 보낸 몇 달이 떠올랐다. 행복한 기억이었다. 이제 안정된 삶을 살면서 가족들을 돌봐야 한다는 생각이 컸다. 제대로 졸업해서 교사가 되어 가족들을 지켜주고 싶었다.

그러나 차마 발걸음을 돌릴 수가 없었다. 내가 있어주기를 바라는 사람들이 있었다. 이래일 총무님과 직원들은 물론, 청년들과 대학생들도 정이 들었다. 세상에 나와 처음으로 따뜻한 정을 준 사람들이었다. YMCA는 청년 예수처럼 살고자 하는 사람들의 모임이었다. 내세의 천국이 아니라 바로 오늘 이 땅에서 하나님 보시기에 아름다운 세상을 만들고자 하는 사람들의 공동체였다. 청년 예수는 로마 지배 아래서 로마제국과 타협하며 종교적 권세를 이용해 민중들을 수탈하는 종교지배자들을 꾸짖었다. 당대의 불의를 지적하며 가난한 자, 병들고 약한 자를 지켜주고자 하였다. 그런 마음으로 활동을 하는 젊은이들이 대견하고 고마웠다. 그런데 그런 사람들을 두고 떠난다니 미안하고 죄송했다.

몇 날을 고민하던 끝에 결국 YMCA에 그대로 눌러앉기로 결정을 하였다. 지금 생각해도 참 잘한 결정이었다. 내가 바로 운동을 하는 단체로 들어갔더라면 일상의 사람들을 만나지 못했을 것이다. 맨날 운동만 생각하며 삭막하게 살아야 했을 텐데 YMCA를 선택했기 때문에 소박한 시민의 삶으로 복귀할 수 있었다고 생각한다. 소박하게 살아가자. 이제 가족과 이웃들과 함께 나날의 일상을 꾸려가면서 작은 일이라도 세상을 바꾸는 일을 해나갈 수 있다면 나쁘지 않다고 생각했다.

아이들이 좋다면 인디안 춤도 출 수 있어요, YMCA 여름캠프에서.

•시민운동에 땀 흘리며 결혼도 하고

새로운 지방자치의 시작, 적극적으로 뛰어들다.

방을 하나 얻고 자취를 시작했다. 그날부터 내 방은 대학생들의 사랑방이 되었다. 배고프면 와서 라면 끓여 먹고, 잠자는 곳이었다. 대신 그들은 내 밀린 양말을 열심히 빨아 주었다. 시민사업부 간사로서 우선 내게 주어진 일은 주말마다 고등학생 클럽활동을 도와주는 일, 방과 후에 어린이교실 글쓰기 수업과 다른 수업이 제대로 이뤄지는지 관리하는 일, 대학생 활동을 도와주는 일 등이었다. 어린이들과 고등학생들을 만나고 대학생들을 만나는 일은 새로운 경험이었다. 나랑 전혀 다른 세대들과 어떻게 교감할 것인지 쉬운 일은 아니었다. 우선 그냥 그들이 하는 일을 보아주고 들어주는 일로 시작하였다.

농촌사업도 내 담당 업무였다. 당시 전국연맹에서는 고리채를 없애기 위해서 마을을 지정하여 공동체를 만들게 하고 소를 사주거나 약간의 돈을 빌려주어 가을이면 양곡으로 조금씩 갚을 수 있게 해주었다. 요즘 같으면 그라민은행 같은 마이크로크레딧 사업을 하였다. 1960년대부터 해왔던 일인데 거의 마무리 해가고 있는 시점이었다. 지금은 해남에 살고 있는 민인기 간사가 연맹의 농촌부 간사로서 그 일을 담당하다가 해남Y 총무로 가면서 내가 그 나머지 일들을 했다.

그 일로 농촌마을 여기저기를 돌아다녔다. 밤에는 농민들이 모임을 하는 것을 지켜보았다. 내가 농촌에서 태어나고 살았지만 그런 경험은 처음이었다. 처음에는 농민들과 어떤 주제로 어떻게 대화를 해야 할지 막막하기만 하였다. 모든 것을 바라보면서 배우는 시기였다. 나는 그들과 점점 친해졌고 가끔씩 농촌에 나갔다가 하루 저녁씩 자고 오기도 하였다. 그러면서 농촌마을들이 어떤 어려움을 겪는지 눈으로 볼 수 있었다.

또 하나 마을에 불 꺼지고

뒷동산 대나무 숲 위로
불 지핀 싸리비를 흔들어댄 것처럼
별은 총총한데
그 아래 소처럼 눈 감고 누워 있는 마을은
눈 내일 날을 기다리는 감나무처럼
굴 속 같은 동짓달 밤을 나고 있다
농약을 마시고 마당귀까지 나와 쓰러진
고샅 끝 광주댁을 묻고 온 날
홍시처럼 몇 점 켜지던 불빛들
아예 초저녁부터 보이지 않는다
아마 검은 강 어느 어귀까지
환하게 길 비춰주려고
바램 하러 갔는지도 모를 일이다
또 하나 마을에 불이 꺼졌다.

연맹에서는 당시 독서조합운동을 펼치고 있어서 2층 사무실에 독서조합을 만들고 좋은 책들을 구입하여 회원들끼리 함께 읽는 일도 시작하였다. 대학생, 청년, 여성들이 주로 회원들이 되어주었다. 그런 바탕으로 정기적인 사회교육강좌를 열어 우리 사회의 중요한 문제에 대해 시민들끼리 듣고 토론하는 자리를 만드는 일도 하였다. 대학생 독서클럽을 만들어 한국경제, 인권, 환경, 여성 등에 대한 학습모임을 계속하였다. 한겨울에 지리산으로 캠프를 가서 친목과 삶의 결의를 함께 다지기도 하였다.

그런 과정 속에서 승주농민회, 동부지역 노동자회, 민주청년회 등 새로운 조직들이 만들어져 활동을 시작하였다. 내가 갈 때 이미 조직되어 있었던 Y중등교사협의회 회원들이 중심이 되어 평교사협의회로 발전하더니 나중에 전국교직원 노동조합으로까지 발전하였다. 그래서 2~3년 사이에 순천YMCA 회관에는 젊은 사람들로 붐비기 시작하였다. 언제나 회관 지하실에 가면 사람들이 모여 있었다.

순천으로 내려간 다음 해 봄에 나는 순천Y 아기스포츠단에서 교사로 일하던 아내를 만났다. 그리고 바로 결혼했다. 밝고 건강하고 아름다운 여성이었다. 무엇보다 어려운 YMCA 일을 힘들다 하지 않고 열심히 하는 모습이 마음에 들었다. 세상에 나와서 1년 만에 나는 불가능할 것이라고 생각했던 일을 이루었다. 결혼도 하고 일자리도 얻은 것이다. 월급은 생활하기에 어려운 활동비 정도였다. 아내가 다니던 YMCA를 그만두고 창업을 하려고 도모한 것도 그 때문이었다. 아이 낳아서 기르며 먹고살 수 있으리란 셈이 세어지지 않았기 때문이었다.

아내는 인근 도시인 광양으로 이주하여 학원, 유치원을 연달아 개업하였다. 아내가 시작한 일들은 어렵지만 워낙 꼼꼼히 운영하여 조금씩 자리를 잡아갔다. 큰아이가 태어나고 어머니도 손자를 키우기 위해 합류하면서 나는 비로소 하나의 가정을 꾸리게 되었다. 비로소 정상적인 사회의 구성원이 된 것이었다.

아이는 새로운 희망이었다. 내가 책임져야 할 생명체가 이 세상에 존재한다는 것은 전혀 느껴보지 못한 새로운 느낌을 주었다. 어느 날 풀씨처럼 나에게 사뿐히 날아와 꽃을 피워주는 아가. 난 그 꽃을 소중하게 키워야 할 소명이 생겼다.

아가의 잠

아가야
너는 어느 세상
결 고운 숨결로 떠돌다가
오늘 우리의 빈자리에 날아와
노오란 민들레 꽃을 피워내고 있느냐

YMCA에서 아내 박홍인을 만나 함세웅 신부님의 주례로 새 가정을 꾸렸다.

눈 떠 바라보는 저 들녘에, 아직
자운영 꽃밭 하나 어우러진 데 없는데
찬바람 부는 이 아비의 세상에 날아와
또 하나의 뿌리를 내리고 있느냐

아이가 태어난 후, 나는 날마다 아침에 집을 나서며 손을 흔들어주는 아내와 아이를 바라보면서 기도하였다. '제발 내가 오늘 저녁 다시 저들을 볼 수 있게 해주세요.' 내게 주어진 이 행복이 어떤 알 수 없는 불행한 사태가 와서 앗아가 버릴까 두려웠고 불안했기 때문이다.

아가의 첫겨울

겨울에 태어난 내 아가야
너는 아직 걸음을 뗄 수 없음으로
외풍 센 블록집
떨리는 문풍지 그 너머
너의 아비가 살아온
세상을 알지 못한다
이제 갓 서른을 넘긴
젊은 너의 아비가 겪어야 했던

그 무섭고 떨리는 세월을
알지 못한다
이 겨울이 얼마나 춥고 혹독한 것인가
이 겨울이 얼마나 기고 긴 것인가
할머니만 보면
자꾸 등 뒤로 돌아가 업히며
한사코 밖으로만 나가자고
고사리 같은 손가락으로
문 밖을 가리키는 너를
애써 막는 할머니의 마음이
어떠한 것인지를
너는 아직 알 수 없는 일이다
저 겨울 들판 아픈 땅 위에도
온 하늘 가득히 흰 눈이 쏟아져 내리면
네 눈동자처럼
맑고 빛나는 아침이 오는데
마른 나뭇가지마다
반짝거리는 정결한 눈꽃들이
피어나는데
아가야 아직 너는
나갈 수가 없구나, 저 세상 속으로

아가의 탄생은 새로운 희망의 탄생이었다. 아이에게 절대 불행한 세상을 물려주지 말자고.

어머니와 아내와 아이와 함께 사는 세상은 행복했다. 행복이 뭐 대단한 것일까? 사랑하는 사람들과 함께 걱정 없이 사는 것이 행복이지. 어쩌다 집에 있는 시간이면 아이를 자전거에 태우고 광양 읍내 인근 들판을 달렸다.

노을 지는 들길을 아이와 함께

일을 끝내고 돌아오면 아이를 자전거 뒤에 싣고
그렇지요, 아직 채 익기 전의 개복숭아처럼
알록달록한 모자도 하나 곱게 씌워서
저녁나절 변두리 들길을 달리고 싶습니다
숙주나물처럼 물러진 햇살이
자가웃 남짓 서녘 하늘에 남아 있을 때쯤이나요

모감지가 아직 패지 않은 동이 밴 벼포기들이
아그대대 배를 내밀고
물동이 이고 나서던
어릴 적 내 살던 고향 살구나무집
새색시 같은 몸짓으로
저들끼리 뭐라 뭐라 속삭이다가
살짝 스치고 지나가는 제비 날갯짓에

제라서 놀라 고갤 들고 어디 가냐고
이 해 어스름에 어딜 가냐고 묻기도 하겠지요
그러면 아직 말도 다 못 배운 아이 녀석이
제라서 괜시리 무–무– 하며
대답인 듯 옹알이를 하기도 하겠지요

시오리 산 너머 길 학교에서 돌아오다가
똥 소매를 준 무를 뽑아먹고
채독이 걸려 퉁퉁 부은 얼굴로 나딩굴던
언덕 저편으로
새각시 물 바랜 치맛자락인 듯 걸려 있던 노을마냥
고운 노래 한 가락 뽑아보기도 할 양이면
누가 또 아나요, 재 넘어가던 해도 가던 길 멈추고
고갤 돌려 너웃너웃 한참 춤이라도 출런지요

노랫소리에 어느덧 잠이 들어
아이의 기댄 얼굴이 등에 따스웁고
보랏빛 하늘 저편으로 별 하나 떠오르면
가던 길 자전거 바퀴 다시 돌려 세우며
바라보면 들녘 한가운데 새로 선 아파트가
신기루처럼 허옇게 떠오르기도 하겠지요
등불처럼 부끄러운 얼굴을 들고

저녁 지은 아내가 나와 기다리고 있겠지요
녀석을 뒤에 싣고 막힘없는 세상의 길을
한없이 달리고 싶은 내 소망은
오늘도 노을처럼 하늘 한편에 걸려 있습니다.

YMCA에서 일하면서 사람 하나하나의 삶을 들여다볼 수 있게 되었다. 어떻게 먹고 살고 어떤 꿈과 고민을 가지고 사는지. 그리고 저런 사람 하나하나의 마음이 바뀌고 행동이 바뀌는 일이 중요하다는 생각을 하게 되었다. 많은 시민들을 만나는 일, 그들이 원하는 일을 해결해 주는 일, 시민상담실을 통해서 어려운 일이 생기면 그 일을 해결하면서 나는 새로운 세상 공부를 시작하였다.

순천YMCA에서 일하던 때, 나는 점심때면 가까운 중앙시장 국밥집에 가서 점심을 먹었다. 가다 보면 옛집 흙 담 골목을 돌아가야 하는데 돌 틈 사이에 민들레 한 송이가 여리게 피어 있었다. 봄날이었던가, 눈부셨다. 살아 있는 생명의 눈부심, 내가 다시 햇살 아래 일상의 삶으로 돌아왔다는 사실. 순간 황홀했다. 그 기억은 내내 내 안에 눈부심으로 살아 있다.

찬가

어제는 우연히 길을 가다가 아름다운 당신을 보았습니다
오월의 따스한 햇살이 무너지다 만 옛 흙 담의 한 귀퉁이에서
민들레 노란 꽃 한 줄기를 피워 올리고 있었지요
금방이라도 높다란 시멘트 건물을 돌아
한 떼의 나비 떼 몰려오는 듯한 환상에 취해
가던 걸음 멈추고 어지럼증에 한참을 서 있었습니다

찬바람 불던 지난겨울을 굳이 떠올리지 않아도
하나의 씨앗이 먼 들판에서 이 너른 도시 한구석까지
날아올 동안의 인연을 생각했습니다
그 날아온 궤적마다 거기에 함께했을 수많은 것들
바람과 깊은 곳을 흐르는 물과 빛나던 별들
그리고 불 꺼진 마을마다 잠들어 고요한 숨소리들

오늘 여전히 빛나는 태양이 검은 도시의 길을 내리 비추고
사람들은 어디론가 부지런히 걸어가는데
나 또한 그 무리 속에 끼어
이렇게 걸어갈 수 있다는 것만도
내 살아 있음의 빛나는 흔적이라 생각하면
하나의 씨앗이 이루어 놓은 궤적 그 한 끝에 서서

일상의 흔적 없던 시간마저도
수천의 새소리로 살아옴을 깨닫게 됩니다.

무량한 이 시간의 운행과
지상의 한나절 빛나는 민들레꽃의 대비
그 속에 나 또한
한 이파리 꽃잎처럼 빛나고 있는 이 순간의 환희로
차마 눈 뜨고 바라볼 수가 없습니다.

•6월항쟁이 쓸고 간 도시, 새로운 바람이 일다

1986년 가을부터 나는 한국YMCA전국연맹에서 실시하는 간사학교에 입교하였다. 간사학교는 YMCA가 젊은이들을 기독교사회운동가로 훈련시키는 고급과정 프로그램이었다. 6개월마다 한 달씩 합숙을 하면서 석 달을 마쳐야 하는 프로그램이었다. 첫 학기 한 달은 기독교신학 공부를 통해 Y운동가로서의 정체성을 확립하고, 두 번째 한 달은 세계경제, 한국경제, 한국 정치와 사회, 지역사회 등에 대해 관련 교수님들을 모셔다 강의를 들으며 한국사회에 대한 이해를 하고 마지막 한 달은 지역에서 자기가 해야 할 일이나 했던 일들을 논문으로 정리해보는 과정이었다.

당시 한국 기독교계에는 민중신학이 높은 관심을 끌고 있어서 간사학교에는 민중신학을 이끌던 서남동, 서광선 등 쟁쟁한 신학자들이 오셔서 강의를 하셨다. 예수는 이 땅에 가난하고 핍박 받는 민중을 해방시키려 오신 분이라는 것, 이 땅에 살아가는 민중들 하나하나가 바로 하나님의 창조물이요 바로 하나님의 아들이라는 것, 그들을 해방시켜서 창조물로서의 고귀함을 갖게 하는 것이 바로 예수를 따르는 자들이 해야 할 일이라는 것들을 설파하셨다. 이 땅의 핍박받는 민중들이 바로

1986년 가을부터 나는 한국YMCA전국연맹에서 실시하는 간사학교에 입교하였다. 간사학교는 YMCA가 젊은이들을 기독교 사회운동가로 훈련시키는 고급과정 프로그램이었다.

하나님이라는 생각, 그들을 잘 모시는 세상을 만들어야 하나님 나라가 이루어진다는 생각은 전통적인 기독교에서 훈련을 받은 나로서는 충격적인 이야기요 새롭게 기독교인으로서 거듭나게 하는 계기가 되었다.

한국사회 이해 과정에서는 당시 해직교수로 또는 민주운동으로 명성을 떨치고 계시던 많은 교수님, 지도자들이 강의를 해주셨다. 송건호 선생님, 한완상 박사님을 비롯한 많은 교수님들 그리고 노동현장, 농촌현장에서 활동하는 지도자들이 오셔서 생생한 한국사회의 진실을 말씀해 주셨다. 그리고 각자 지역으로 내려가서 전국 곳곳에서 새로운 시민운동, 지역운동을 펼쳐줄 것을 말씀해주셨다. 간사학교는 나에게 새로운 시작을 하는 좋은 학교가 되었다.

그래서 나는 논문 제목을 'YMCA 시민운동론'이라고 정했다. 일상의 생활인들이 자기 삶을 바꾸고 그것을 통해 세상을 바꾸는 일을 해보고 싶었기 때문이다. 경찰에 쫓기고 고문당하고 감옥에 가지 않아도 할 수 있는 운동, 시민 하나하나가 자기 삶의 공간에서 자기 삶을 바꾸고 세상을 바꿀 수 있는 운동이 뭘까? 그런 사회운동이 가능할까?

논문을 쓰면서 내가 순천에서 만났던 사람들과 겪었던 일들을 생각해보았다. 작은 일이라도 좋은 세상을 향하여 나가는 변화를 일으킬 수만 있다면 더 큰 힘을 발휘할 것이라 생각했다. 자기 생활을 바꾸고 지역을 바꿔서 결국은 세상을 바꾸는 새로운 시민운동을 해보고 싶었다. 그런 생각을 정리하게 되니 언젠가 후배 김영종이 조언했던 '멀리 아래로 가라, 지역으로 가라.'라 했던 말이 떠올랐다. 굳이 서울이 아니고도 사람이 살아가는 곳이면 어디나 운동 현장이라는 생각이 들면서 이제 당당하게 지역에서 YMCA운동을 할 수 있겠다는 자부심이 생겼다.

1987년 봄이 되었다. 간사학교에도 팽팽한 정치적 긴장의 분위기가 느껴졌다. 당시 이화여자대학교 대학원에서 강의를 했는데 찾아오시는 교수님들의 모습에서도 긴장이 느껴졌다. 당시 호헌이냐 개헌이냐는 정치적 논란이 일었다. 전두환 정권은 호헌을 해서 자신들의 불합리한 정권을 더 연장하려 하였다. 더 이상 군부정권을 용납하고자 하지 않는 사람들은 직선제 개헌을 요구하였다. 교수들이 개헌을 요구하는 서명운동을 시작하였고 권력은 그것을 탄압하였다.

이미 지난해 민추협이 구성되어 오랫동안 저항세력의 중심이었던 재야와 정치권이 연대하여 힘을 모아가고 있었다. 민정당과 민한당 이중대 체제를 돌파하기 위해 김대중, 김영삼 두 지도자가 중심이 된 신민당이 이민우 총재를 중심으로 전국 순회 현판식을 하는데 사람들이 구름처럼 모여들었다. 이미 세상의 변화는 시작되고 있었다. 총선에서 야당이 민한당에서 신민당으로 바뀌는 이변이 일어났다. 난 역사가 어떻게 변하는지 설렘으로 바라보고 있었다.

6월항쟁은 나에게도 새로운 깨우침을 주었다. 세상을
바꾸는 힘이 서울에만 있는 것이 아니고 변방에서 일
어난다는 생각. 새로운 바람은 변방에서 불어온다. 변
방으로 가라. 변방으로 가라. 시대의 변방으로 가라.

1987년 봄 박종철 군이 수사를 받다가 탁 치니 억 하고 죽었다는 어이없는 검찰의 발표가 나왔다. 이에 항의하며 천주교 정의구현 사제단이 시국미사를 드리기 시작했다. 대학생들이 움직였다. 서울에서 시위가 시작되었다. 민주쟁취국민운동본부가 만들어졌다. Y에서 일하던 동료들도 긴밀하게 모임을 갖고 각 지역에서 어떻게 할 것인지 삼삼오오 논의들을 하였다. 당시 YMCA는 삼일운동 때 기독학생들이 했던 것처럼 서울의 불씨를 전국으로 어떻게 나를까 궁리를 하였다. 모두 자기 지역에서 이 운동의 불씨를 이어가자고 하였다.

순천에서는 지역의 장로교청년회 회원들과 함께 모여 논의를 시작했다. Y이사님들 장로님들을 만나며 순천에서도 국민운동본부 지부를 구성하자고 제안하였다. 함께 활동을 해오던 대학YMCA 회원들을 비롯한 순천대학생들이 활동가로서 합류하였다. 그렇게 해서 유월 초에 순천에서도 순천대학생들을 시작으로 시민들까지 시위에 참여했다.

수많은 대학생, 청년들이 거리로 밀고 나오자 처음 이런 일을 겪은 경찰들은 어찌할 바를 몰랐다. 누구도 막지 못하고 방치할 수밖에 없었다. 1948년 여순사건 이후 이렇게 많은 사람들이 거리로 몰려나오는 것은 처음이라고 하였다. 당시 민정당사로 몰려가 현판을 떼었다. 시청으로 들어가 전두환 대통령의 사진을 떼어 냈다. 긴장되는 나날이었다. 누군가는 전두환 정권이 결코 물러서지 않을 것이라고 했다. 다시 광주학살

같은 일이 벌어질지도 모른다고 했다.

그럼에도 순천은 밤만 되면 시위대의 해방구가 되었다. 경찰들은 최루탄을 쏘면서 제지했지만 골목으로 중앙시장통으로 숨어들어오는 시위대를 잡아갈 수가 없었다. 중앙시장 상인들은 학생들을 숨겨주었고 모금을 하여 음료수를 구입할 수 있도록 해주었다. 시위를 주도했던 대학생, 청년들은 만약의 위기가 오면 어떻게 할 것인지 염려하면서도 그런 시민의 힘으로 시위를 계속할 수 있었다.

마침내 정권이 물러섰다. 제2인자였던 노태우 씨가 나와서 직선제 개헌을 약속하는 6·29 선언을 발표하였다.

6월항쟁이 끝나자 우리는 승리했다는 자부심으로 행복했다. 지역에서 젊은이들이 힘을 합하면 못할 일이 없을 것 같다는 생각이 들었다. 우리는 그 힘으로 지역을 변화시켜보자고 마음먹었다.

국민운동지부 활동을 하면서 참 많은 생각이 들었다. 동학농민전쟁 당시 집강소의 역할을 되돌아보게 하였다. 지역의 권력이 이완되자 많은 시민들이 국민운동본부 사무실을 찾아왔다. 지원하는 사람도 많았지만 민원사항을 들고 찾아오는 사람들도 있었다. 그동안 자신들의 권리를 빼앗겼다거나 짓밟혔다거나 아니면 재산상 손실을 보았다고 생각하는 시민들이 국민운동지부 사무실을 찾아와 해결해달라고 호소하는 것이었다.

103

1989년 서울

맞벌이 일을 나가기 위해
제 자식을 죽인 아낙이 있었다
무역수지가 흑자라서
통화팽창이 염려된다는
아시아의 떠오르는 용龍
코리아의 수도 한가운데서
일어난 일이었다

그러나 누구도 그것을 오래
기억하지 않았다
없는 자들은 하루 세끼
끼니 때우는 일이 급해서
가진 자들은 땅 투기, 증권 투기
돈 버는 일에 바빴으므로
사제들은 천국행을 위한
기도에 바빴고
정치인들은 뒷주머니에 돈을 쓸어 담으며
백성을 때려잡는 일에
바빴으므로

철장에 갇힌 아낙에게
검사는 말할 것이다
제 자식을 죽일 만큼
피도 눈물도 없는 년은
죽여 마땅할 것이라고
판사는 법조문을 뒤적이며 졸다가
혹시 정신질환이 없느냐고
물을 것이다
사람들은 수근거렸다
못난 여편네라고
차라리 도둑질을 하든가
몸을 팔 일이지라고

그러나 그 누구도 묻지 않았다
그 여자에게
자유민주주의가 무엇이었던가
일하지 않으면 죽을 수밖에 없는 그녀에게
단 한 번이라도
어떤 자유가 주어져 본 적이 있었던가를

중앙의 독재 권력과 싸우느라고 보이지 않았던 풀뿌리 민초들의 삶이, 부당함이, 억울함이 보이기 시작했다. 노동자 농민만 주요한 운동 동력이라고 보았지, 거리에서 이래저래 힘들게 살아가는 사람들, 지역주민들의 삶의 목소리를 들어야 하겠다는 생각을 하게 되었다.

6월항쟁은 나에게도 새로운 깨우침을 주었다. 세상을 바꾸는 힘이 서울에만 있는 것이 아니고 변방에서 일어난다는 생각, 그제야 감옥에서 읽었던 책들, 그리고 옆방에서 내 좋은 사회과학 선생님이 되어주었던 권영근 선배의 말이 떠올랐다.

변화는 오늘에 만족하고 안주하는 중심에서 오는 것이 아니다, 자본주의도 그랬고 사회주의도 그랬다, 모든 변화는 변하지 않으면 살 수 없는 그 시대의 변방에서 오는 것이라고 했다.

새로운 바람은 변방에서 불어온다. 변방으로 가라. 변방으로 가라. 시대의 변방으로 가라.

• '전남 동부지역사회연구소' 를 만들다

그동안 세상을 바꾸는 것은 중앙의 권력을 바꾸는 것이라고 생각했다. 박정희 독재정권을 무너뜨리고 새로운 정치를 시작하면 세상이 달라질 것이라고 생각했다. 그래서 모든 운동은 서울에서 시작하고 서울에서 끝난다고 생각했다. 그런데 6월항쟁을 겪으면서 내가 사는 동네가 중요하다는 생각, 내가 사는 동네에서 사람들이 살아가는 일이 보이기 시작했다.

6월항쟁이 끝나고 우리는 새로운 단체 하나를 만들었다. 이제 우리가 사는 동네를 위해서 뭔가 일을 해보자. 우리가 사는 곳에서 시작해보자. 이제 중앙의 정치운동도 중요하지만 우리가 사는 동네 사람들, 우리 동네에 대해서 연구하고 문제를 해결해보자는 취지에서 만들어진 단체가 '전남동부지역사회연구회' 였다.

처음으로 한 일은 민원이 있는 지역주민들을 만나러 다니고 동네를 답사하는 일이었다. 그때 처음으로 시작한 운동이 순천시 삼산동 채석장 재영업 허가 반대운동이었다. 시민들의 쉼터였던 삼산동 계곡에 채석장이 있었는데 폭파음으로 지역주민들이 고통을 호소하였다. 가축들이 새끼를 낳지 않고 주택들은 모두 금이 갔다. 문제는 채석장 주인이 지역에서 제일

잘나가는 상공회의소 회장이었다.

사진을 찍어 시내 지하도에 사진 전시회를 열고, 환경관련 교수를 불러서 세미나도 열었다. 유인물을 만들어 시민들에게 나누는 일도 하였다. 지역문제를 가지고 처음으로 시작해본 운동이었다. 거리에서 시위만 했을 뿐 이런 방식의 운동은 당시로서는 전혀 새로운 방식의 운동이었다.

그때부터 지역운동이라는 개념에 관심을 갖기 시작했다. 우리가 사는 지역에 대한 기초연구부터 하기로 하고 자료를 모았다. 전남동부지역이 농어촌과 공단도시의 결합도시라는 것, 인구구성의 비율, 그로 인해서 발생하는 지역의 특수성이 무엇인지 토론하였다. 그리고 그러한 자료들을 '지역과 전망' 이라는 연간 보고서를 만들고 지역의 중요한 문제를 알려나갔다.

연구회가 만들어지고 제일 처음에 시작한 주민운동이었던 채석장 싸움은 승리로 끝났다. 주민들의 요구대로 결국 채석장은 재허가가 안 되어 다시 복구 작업을 하게 되었다. 그 뒤로 연구소로 이름을 바꾸고 순천대학교의 관련 교수님들을 이사로, 자문위원으로 모시면서 다양한 주제의 활동들을 시작하였다.

훗날 세월이 흐르면서 동부지역사회연구소는 많은 일들을 해내었다. 지금은 대한민국의 관광지로 유명해진 순천만 생태공원도 동부지역사회연구소에서 처음으로 의제화 시켜 오늘의 순천만을 만들게 되었다. 당시 순천만은 그냥 몇 개의 장어

순천만 갈대밭과 습지.

순천만 일몰.

집이 있는 작은 포구에 지나지 않았다. 가끔 시내 사람들이 바람 쐬러 나가는 곳일 뿐이었다. 그런데 순천만 갯벌 아래 쌓여 있는 모래를 파내는 사업이 확장된다는 소식을 듣고 조사를 나간 것이 순천만을 살리는 발단이 되었다.

관련 교수님들을 초청하여 생태조사를 하면서 갯벌의 중요성, 철새들의 도래지라는 점, 갈대가 갖는 수질 정화작용 등에 대한 이해가 생기면서 단순한 골재채취 반대운동에서 생태공원을 만들어야겠다는 생각으로 발전하게 된 것이었다. 당시 사람들은 도시가 가깝기 때문에 순천만에 좁은 여수공항을 이전 확장하고 워터프론트를 만들자는 비젼을 제시하기도 하였다. 그러나 수없는 현장 방문, 주민과의 갈등해소를 위한 실무자들의 노력, 연구소 주최의 순천만 두루미 축제 등이 계속되면서 마침내 순천시가 인정하고 주민들이 함께하면서 오늘의 생태공원 순천만이 만들어지게 되었다. 운동을 시작한 지 15년 만에 이룬 결실이었다.

그 외에도 매립하여 택지로 만들려는 조례저수지를 살려서 호수공원으로 만드는 일, 사소한 교통 체계를 바꾸는 일, 광양만 임란유적지를 보존하는 일, 가곡동 토지구획정리 사업 정정, TV시청료 통합공과금제 실시를 위한 조례제정 저지, 용수동 공설묘지 반대 및 수원지 폐쇄 요구 등 많은 일들을 하였다. 생협운동을 시작하기 위해 농민들이 만든 '손두부', 유기농 달걀 등을 아파트마다 주부들에게 배달하는 일들도 하였다. 나중에 그러한 조직활동을 근거로 지방선거에 튼튼한 지지의 기틀을 만들 수 있었다.

지금도 '동사연'(전남동부지역사회연구소)은 순천지역에서 서희원, 장채열 등 많은 활동가들을 중심으로 그 명성을 유지하며 열심히 활동을 계속하고 있다.

• '양김' 의 분열, 나는 아팠다

1987년 겨울, 6월항쟁에 승리한 우리는 이제 새로운 세상이 올 거라며 그해 겨울에 있었던 대통령선거에 집중하였다. 거리는 온통 노란색 물결이었다. 추운 날 거리에서 노란 목도리를 팔았다. 대학에 가면 분단조국 몇 년, 해방 며칠전이라는 구호가 붙어 있었다. 시민혁명의 완성이 이 선거로 마무리 되어야만 했다. 직선제라는 길을 찾았으니 이제 권력을 잡아서 그 마무리를 해야 했다.

그러나 양김의 분열로 역사는 실패하였다. 1945년 미소 연합군의 진주로 남북이 분단된 것이 근대사에서 우리 민족의 비극이 시작되었다면 대한민국의 민주화 과정에서 1987년 양김의 분열은 또다시 역사를 왜곡시키는 큰 사건이었다. 그 이후 박정희 정권이 일부러 왜곡시키고 강화한 영호남의 정치적 대립은 완성되었고 그 피해가 지금까지 대한민국의 개혁과 발전을 바라는 길목을 고비마다 가로막고 있다.

Cafe Modern
Cafe Modern

진통

그 노란 깃발이 무참히 실패한 이후
나는 아팠다. 참 많이 아팠다
한 달을 죽은 사람처럼 누워 있었다
시나브로 사지가 아프고 육신이 쑤셨다
먹을 수도 없었고 마실 수도 없었다
우리는 실패했다
그 실패는 두고두고
유령처럼 나타났다.
뜨거운 불에 지진 등판처럼
평생을 지고 가도 벗겨낼 수 없는
화인이 되었다. 대못이 되었다.
그해 봄 나는 유령처럼 떠돌았다.

그런 봄을 지내고 나서 나는 힘을 잃었다. 여전히 나를 뒤따르며 관찰하던 정보과 형사들은 사무실과 집을 드나들었다. 내가 없는 때면 아내를 닦달하였다. 남편이 어디에 갔느냐고, 어느 누가 다녀갔느냐고? 변한 게 없었다. 다시 공포와 감시의 시간이 시작되었다.

감시

그들은 도처에 있었다
내 꿈속에서도 나타났고
내 뒤통수에도 나타났고
동네 이장의 눈초리로 나타났다
우리 집에 누가 다녀가는지
내가 어디로 나다니는지
누굴 만나는지
그들은 늘 내 뒤를 따라다녔다
나는 평생 이 땅에서
그렇게 살아야 할 운명이었다
나는 큰 우리에 갇힌 짐승이었다.

6월항쟁이 가져다 준 승리의 기쁨도 잠시, 대통령선거의 패배가 해일처럼 쓸고 갔다. 나는 아팠다. 심신이 아팠다. 김구 선생님의 말처럼 우리 손으로 조국을 해방시키지 못하고 강대국의 힘으로 일제를 물리쳤던 것이 남북분단을 가져왔고 역사를 왜곡시킨 첫 번째 사건이었다면 또 하나는 우리 시민들의 힘으로 프랑스혁명처럼 제대로 된 민주정부를 세우지 못한 것이 역사의 왜곡을 가져왔다. 다시 군부정권과 그들의 힘으로 성장했던 세력들이 권력을 잡았다. 박정희 정권이 만들고 강화시킨 영호남 보수 개혁 대결구도가 양김의 분열과 김영삼 대통령의 삼당합당으로 완성되었다. 그 뒤 오늘까지도 우리는 개혁을 하지 못하고 지지부진한 정치상황을 계속하고 있다.

힘을 잃었다. 어떻게 다시 일어설 것인가? 어디서 어떻게 다시 시작할 것인가? 내가 다시 사회운동, 시민운동을 계속할 것인가, 방황하였다. 고민이 시작되었다. 내가 어려서부터 꿈꿔오던 문학의 길을 다시 가고 싶었다. 새로운 일을 도모하려면 더 이상 지체해서는 안 될 것 같았다. 마흔 되기 전에 시작해야 할 것 같았다. 초조했다. 모든 일을 다 그만두어버리고 산속으로 숨어들어 글이나 쓰고 싶었다.

그래서 아내에게 좀 쉴 수 있게 해달라고 졸랐다. 내가 지금 글을 쓰지 않으면 평생 못 쓸 것 같다 라며 설득을 하였다. 결혼 이후 가난한 살림살이에 어머니와 동생, 아이들까지 책임을 지며 쉴 틈 없이 살아온 아내가 더 힘들었을 텐데도 허락을 해주었다. 나는 곧바로 지리산으로 들어갔다. 순천Y 이래일 총무님께는 그 일로 지금까지도 죄송하다. 어느 날 갑자기 달랑 사직서 한 장 남겨 놓고 간다는 말도 없이 도망쳐 버렸으니까.

지리산 피아골로 막 나온 286컴퓨터 한 대를 사들고서 지리산 생활을 시작하였다. 너른 어머니의 품 같은 지리산. 나는 늘 언젠가 내가 생을 마칠 때쯤 돌아갈 곳이라 여겼다. 깊은 산속에 숨어서 조용히 사라지고 싶었다. 그랬기에 지리산에 들어가는 것이 조금도 이상하지 않았다. 그랬기에 늘 시간이 나면 지리산 언저리를 돌아다녔다.

왕시루봉 원추리꽃

지난여름 지리산에 올랐다가
왕시루봉 산장 지키는 김보살이
점심이나 함께하자기에 들렀더니
꽃에는 독이 없는 거라며
하얀 밥 위에
원추리꽃 몇 잎 뿌려
비벼주는 거라
참 황공할 일이었는데

이따금 사는 일
엉클어진 삼 바구리
스물닷새 밤처럼 아득할 때
망연히 숨 모두어 눈 감고 있노라면
문득 한 점 환하게 불빛인 양
꽃등 하나 환하게 비쳐오느니
달 뜨는 섬진강 바다보다
새벽 능선 이슬 털며 길 밝히던
원추리꽃 내 안에 피어나느니

전라선을 타고 남원을 지나 곡성, 구례를 지나가면 멀리 지리산 울멍줄멍한 산줄기들이 보인다. 보기만 해도 가슴이 뛴다. 지금은 사라졌지만 옛 전라선 간이역들을 지날 때 맨드라미꽃이 홀로 붉어 시골 새색시처럼 맞아주곤 했다.

서도역

그런 이름의 기차역이 있다
높은 산줄기들이 인근을 지나며 내려다보다가
어쩌다 누군가 보따리를 이고 내리기라도 하면
얼른 손 내밀어 짐이라도 들어다 줄 것 같은
그러다가 나무판자로 가름장을 댄 화단에
보랏빛으로 피어나는 붓꽃 몇 송이에 눈이 팔려
서쪽 산길에 가두어 둔 바람 선뜻 몰아다가
꽃송이 흔든답시고
졸던 개찰구 아저씨 모자까지 날리는
그래서 인근 물 잡힌 들판 가득 들어앉은
파란 산 그림자들도
덩달아 껄껄 웃으며 머리 흔들게 할 것 같은
그런 작은 기차역이
지리산 가차이 섬진 물줄기 흘러가는

그 어름 어디에 기다리고 있다
나는 그곳이 서도書道인지 서도西道인지 모른다
늘 그곳을 지날 때마다
언젠가 불쑥 그 역에 내려
푸른 서쪽 길로 사라지고 싶다는 생각뿐.

그곳에서 시도 쓰고 소설도 썼다. 시와 단편소설로 문학상을 받기도 했다. 글을 쓰다가 힘들면 가득 쌓인 소설책을 읽었다. 순천에서 일이 있다고 다녀가라고 하면 가끔 나다닐 뿐, 지리산에서 몇 년을 보냈다. 6·25 당시 우리 고향에서 들었던 이야기, 어머니가 겪었던 이야기를 장편소설로 써서 신문사 연재소설 공모에 내기도 했었다. 상금이 꽤 많은 공모였다. 심사위원이던 소설가 선생님으로부터 편지가 왔다. 내 소설을 당선작으로 뽑았다는 전갈이었다. 오랜만에 아내 볼 면목이 생겼다고 좋아했다. 그런데 시간이 지나도 신문사에서는 연락이 오지 않았다.

얼마나 지나서 담당직원으로부터 연락이 왔다. 회사 사정으로 연재를 할 수가 없다는 것이었다. 상금을 타면 아내에게 보란 듯이 건네주고 이제 아예 전업 작가로 나가겠다고 떼를 쓸 셈이었는데 계획이 어그러졌다. 내 어머니가 겪었던 6·25 때 산간마을의 이야기는 그래서 사장되고 말았다. 물론 내 계획에도 이제 차질이 생기기 시작했다. 작가로서 성공을 해야 하는

지리산에서 쓴 시와 단편소설로 서울신문과 농민신문 문학상 공모에 당선되기도 하였다.

데 그러지 못했기 때문이었다. 아내도 아이들도 보고 싶었다.

어느 날 문득 방에 높이 쌓여 있는 문학전집들을 보면서 내가 산속에서 이렇게 긴긴 날을 보내는 것이 옳은 일일까 하는 생각이 들었다. 저 많은 문학전집들, 이렇게 빠르게 변해가는 시대에 과연 누가 읽을까? 더군다나 저런 작가들처럼 내가 좋은 소설을 쓸 수가 있을까? 설령 쓴다 해도 누가 읽어줄 것인가? 결국 내 꿈을 실현시키기 위해 내 가족들을 희생시키고 결국 내 소중한 시간들을 허비하는 것은 아닐까?

1990년대 초기, 여전히 세상은 혼란스럽고 젊은 청년들이 분신으로 죽어가는 시절이었다. 이런 엄혹한 세상 한가운데서 산속에 들어와 사는 것이 도피하는 것이 아닌가? 그런 고민 속에서 결국 소설 쓰는 일을 접기로 하였다. 가족과 함께 살면서 생활 속에서 작은 힘이라도 세상을 바꾸는 일에 동참하는 것이 더 소중한 일이라는 것을 깨달았다.

산을 내려왔다. 그 이후 오늘까지 나는 소설 쓰기를 그만둔 것에 한 번도 후회해본 적이 없다. 내가 내린 결정 중에 제법 잘한 결정이었다.

지리산은 좋았지만 때론 외로웠다. 해지는 저녁 무렵이면 누군가 찾아와 줄 것만 같았다.

고적한 날

누워 있으려니
문득 산중 한가운데
고적하게 등 구부리고 있을
그대, 모습 그 뒤로 내리는
눈발을 본 거였지요
부랴부랴 길을 나섰습니다

두계 지나서던가요
정말 눈이 내렸습니다
곧이어 어둠이 창을 덮고
낮은 처마 아래
불빛들만 보이는 거였어요
모두 병아리처럼
다스운 가슴 붙안고
한 시절을 지나고 있었어요
평생 가슴에 불 한번
지펴보지 못한 것들만
글썽이는 눈물처럼
차창에 흔들리고 있었어요
눈물 한 방울 보일 수 없는 나
그리워할 그 누군가가
있다는 것만으로도
내내 축복받아야 한다는 것처럼
눈이 내리고 있었어요, 하여
이렇듯 한 밤을 달릴 수밖에요.

달빛이 환한 밤, 나는 외로운 산골에서 달빛에 환하게 보이는 오솔길을 내려다보면서 역사 속에서 수없이 사라져간 사람들이 떠올랐다.

산중일기

– 피아골 가는 길

길은 끊기고
눈이 내린다

밤나무밭에 내리는 눈은
떠돌던 지난 계절의 잎사귀들 위에
한 켜 고요한 휴식의 공간을 펼쳤다

달빛 속에 누워 있는 저 산의 깊은 잠
그 피곤한 허리
아버지 코 골며 돌아눕는 소리

계곡에 물이 마르고
헛된 추억을 꿈꾸며 돌은 구르고
하얀 얼굴로 늘어진 우리의 길

그 길 가에, 수북하게 쌓인
밤나무 잎사귀에 묻혀
이마만 드러낸 봉분 하나

따뜻하겠구나
눈은 내리는데.

그즈음 둘째 딸아이가 태어났다. 참 예뻤다. 가정으로 복귀하였다.

초저녁

내 아이가
잠들어 있다

작은 허리 구부리고
돈부콩처럼
잠들어 있다

서녁 하늘에
초승달이 눈을 뜨며
옥양목 홑이불을 덮어준다

귀뚜라미도 따라
잠들었나보다

• 지방선거와 시민정치운동

1991년 처음으로 지방선거가 시작되었다. 지방의회 구성을 위한 선거가 5·16군사쿠데타로 지방자치가 없어진 뒤 처음으로 치르게 된 선거였다. 당시 우리는 지방자치라는 용어는 들어서 알고 있었지만 그것이 우리들의 삶에 어떤 영향을 미칠지 전혀 예측하거나 실감하지 못했다. 운동권 일부에서는 사회운동을 개량화 시키는 조치라고 생각하는 사람들도 있었다. 노태우 정권을 심판하고 퇴진시키는 일이 더 중요하다고 생각하였다. 노태우 대통령이 선거과정에서 공약으로 제시한 '중간평가 실시 투쟁'을 해야 한다는 운동, 그리고 강남 수서지역 개발 비리를 둘러싼 '5공 수서비리 투쟁'을 해야 한다는 운동이 전국적으로 전개되고 있을 때였다. 6월항쟁을 함께 치렀던 청년들 사이에서도 그러한 흐름이 대세를 이루고 있었다.

그러나 나는 지방자치가 아주 중요하다는 생각이 들었다. 지금까지는 지방을 움직이는 힘이 지역 유력인사들에게 있었다면, 이제는 선거에서 뽑힌 지방의원과 의회로 옮겨갈 것이다. 그렇게 되면 우리의 대표들이 지역발전과 지역의 문제들을 해결할 수 있는 합법적 권력을 갖게 된다. 합법운동의 시대가 될 것이다. 그동안 권력을 무너뜨리는 비합법의 시위투쟁을 했다면 이제는 선거를 통한 주민권력을 통해서 지역사회를 바꾸는 시대가 올 것이다. 이런 생각으로 적극적으로 후배들을 설득하여 지방선거에 참여하자는 제의를 하였다. 노동운동을 하는 후배들 중심으로 반대가 좀 있었지만 대다수의 청년들이 지방선거에 참여하기로 결정하였다.

우리는 정당을 가지고 있지 않았기 때문에 그냥 시민후보를 추천하기로 하였다. 물론 당시 첫 지방선거는 정당추천이 아니었다. 정당에서 내천을 할 수는 있었지만 정당표시를 할 수가 없었다. 그럼에도 지역에서는 당시 김대중 총재가 이끄는 평민당이 절대적인 지지를 받고 있었기 때문에 평민당의 내천을 받은 후보를 이길 수는 없을 것이라 여겼다.

우리는 도전을 해야 했다. 지금 지역 정치권에 여백이 있을 때 비집고 들어가야지 나중에 지방자치가 공고화되면 우리의 설 자리가 없을 것이라는 생각에 우리 안에서 후보를 내세우기로 하고 당시 6월항쟁의 주도적으로 이끌었던 순천대 총학생회장 출신인 청년 안세찬을 등록시켰다. 그리고 대학생들, 청년들이 함께 선거운동을 하여 막강한 재력가요 평민당에서 내천한 상대후보를 꺾고 당당히 시의원으로 당선시켰다. 지역운동의 힘을 지역정치의 힘으로 바꿔내는 새로운 시도의 성공이었다.

우리는 이후 안세찬 시의원을 통해 순천시의 많은 자료, 도시계획, 지역민원 등에 대한 정보를 합법적으로 열람하면서 지역발전을 위한 많은 제안, 개선을 해나갔다. 순천에서 이제 지방권력과 지역주민운동이 결합한 새로운 시민정치운동이 성공적으로 시도된 셈이었다.

이후 우리는 지역에서 지방자치의 참여, 지방의회와 선거로 당선된 지방자치단체 단체장이 얼마나 지역의 변화에 기여하는지 주민운동과정에서 뼈져리게 체험하였다. 순천만을 지키기 위한 운동도 15년이 걸렸는데 결국 운동의 시작은 시민들이 했지만 순천만 지역을 생태공원으로 지정한 것은 결국 순천시장의 결정이었다. 지역운동이 시민의 자발적인 운동과 지방권력의 결합에 의해서만 가능하다는 것을 순천만 지키기 운동이 잘 보여주었다.

순천만에는 많은 철새들이 날아온다. 두루미, 도요새 등 수많은 새들이 시베리아에서 겨울을 나기 위해 날아온다. 도요새들은 다시 날아서 먼 남방으로 떠난다. 이제 수많은 사람들이 순천만을 찾아온다. 몇 사람의 시민들이 시작한 순천만 살리기 운동이 온 국민들이 찾는 순천만을 만들어낸 것이다.

도요새

새 중에 도요새라는 이름의 새가 있다
도요새라고 해서 다 같은 것이 아니어서
그 생김새와 크기에 따라
민물도요, 새가락도요, 마도요, 흑꼬리도요
이름도 색색가지 꽃처럼 제 각각 다른데
대충 두 손으로 안으면 연꽃 봉우리만 한 것부터
달밤에 피는 하얀 목련 송우리만 한 것까지 있는데
손으로 들어 올리면 그거나 그거나 거지반
달걀 하나 정도 무게라는데
그것들이 찬바람 불어오는
먼 시베리아에서부터 날아와
내 사는 동네 가까운 바닷가에 내려 쉬며
배를 채우다가
눈발 내리기 전에 다시 떠올라
싱가포르까지 날아간다.
한 이레 정도 쉬지 않고
까마득한 바다 위를 날아간다
거기서 한번 더 내려 배을 채우고 몸을 추스린 다음
다시 이레를 날아 오스트레일리아까지 날아간다
달걀보다 가벼운 것

아니 연꽃보다 가볍고 목련보다 가벼운 것
달밤에 마당 입구에 내리 비치는 달빛보다 가벼운 것
그것들이 한 점 획을 그으며 드넓은 대양을 나아간다
아하, 내 사는 곳 가까운 바다에
아직도 그런 꿈꾸는 것들이 살고 있다니
아직도 무언가를 그리며
허공, 그 막막함 속을
날아가는 것들이 있다니.

다시 시작한 YMCA 생명평화운동

1995년 산에서 내려와 나는 여수YMCA 사무총장으로 복귀했다. 순천Y를 떠난 지 햇수로 7년이 되었다. 참 오랜 시간 돌고 돌아 제자리로 다시 온 것이다. 이전에는 YMCA를 총괄하는 실무총책임자를 총무라고 불렀다. 기독교단체들이 대부분 그렇게 부른다. 그런데 시민운동이 활발해지고 규모가 커지면서 총무라는 명칭이 사무총장이라는 명칭으로 바뀌어서 불리고 있었다. 이름이 좋아 사무총장이지 한 분야만을 집중해서 일하는 간사보다 훨씬 신경 써야 할 일들이 많아졌다. 대외활동은 물론 재정 관리부터 사무실 관리, 프로그램 관리 등등 잡

무가 훨씬 많아졌다.

광양에서 여수까지 한 시간 정도 걸리는 길을 날마다 일곱 시에 출발하여 여덟 시까지 도착하였다. 그리고 저녁이면 각종 크고 작은 모임에 참석하고 밤늦게 돌아왔다. 그러나 피곤한 줄 모르고 일을 했다. 오랜만에 다시 시작하는 일이라 긴장도 되고 잘해야 한다는 생각도 들었다. 매일 아침 도착하면 청소부터 하였다. 직원들의 사기를 올리는 일, 지역 사람들을 새로 사귀는 일 등 바쁘게 나날을 보냈다.

여수는 항구도시여서 아름답기도 하려니와 싱싱한 생선이 많아서 음식이 맛있었다. 사람들도 정이 많아서 금방 형제처럼 느껴졌다. 의사결정을 하는 이사들, 각종 위원회 위원들, 실무자들 모두 한 가족 같았다. 1946년부터 시작된 YMCA였기 때문에 지역사회에 든든한 신뢰와 인맥이 쌓여 있다는 것이 큰 자산이었다. 지역사회에서 확실하게 시민사회의 중심역할을 하고 있었다.

꿈이 나를 잠들 수 없게 한다

나는 한 번도 제대로 잠들 수 없었어요
당신을 만난 후
이 세상에서 이루어야 할 무엇이 있고
이 세상에서 기다려야 할 그 무엇이 있다는 것을
알고 난 이후부터
나는 하루도 제대로 잠들 수 없었어요
해는 지고 밤이 오고
붉은 노을의 잔영이 눈자위를 떠나지 않아도
나는 늘 환한 천지를 향해
잠들 수 없었어요
낮은 밤과 함께 온다는 것을
그 밤은 참으로 길어
영원히 밤일 수도 있다는 것을
상상하지 못했어요
모든 것이 앞으로 앞으로 뻗어난
외줄기 길 같은 것이라고 생각했어요
마늘줄기처럼 어느 언덕에선가의
찬바람 속에 날 세워 자라고 있을 겁니다
내 청춘이 다하고
내 기다리던 환한 세상이 오지 않아도

결코 잠들 수 없는 내 꿈은
눈 감아도 자라나는 턱수염처럼
찬바람 부는 어느 언덕배기에서
퍼렇게 싹 터 자라고 있을 것이외다

새롭게 막 재미를 붙여서 일하고 있는데 여수 앞바다에서 큰 사고가 터졌다. 1995년 7월이었는데 여수 앞바다 남면 소리도 인근에서 '시프린스호' 라는 유조선이 태풍을 피하다가 암초에 부딪쳐 버렸다. 14만 톤급 유조선이 좌초되어 청정해역인 남해안 일대가 시커먼 기름뭉텅이로 뒤덮여버렸다. 말로만 듣던 해양오염을 직접 눈앞에서 경험하게 되었다.

푸른 바다 위에 5천여 톤의 원유가 시커먼 검댕이로 가득 찼고 인근 섬 해안을 덮쳐 모래바닥이고 자갈이고 바위고 모두 달라붙어 검은 지옥도를 만들었다. 당시 선주였던 호남정유(현재의 GS칼텍스)는 방제선을 띄워 흡착포 등으로 바다 위에 떠 있는 기름과 해안가를 가득 덮은 기름덩어리들을 제거한다고 했지만 불가항력이었다.

환경운동연합 실무자들을 비롯한 시민단체 사람들이 오면 무조건 광무동에 있는 여수YMCA 사무실로 들이닥쳤다. 자연스럽게 시민단체 상황실 역할을 해야만 하였다. 이후 호남정유는 환경단체들과 지속적인 해양오염조사를 하기로 약속하였다. 그 여름 내내 우리는 남해 바닷가에서 살았다.

여수통신

– 1995년 여름

그날 실내체육관에서는 십 대 가수들의 공연이 준비되고 있었지
우리는 숲이 깊은 계곡에서 밤을 지새고 돌아오느라
낮은 산들을 베개처럼 베고 누운 고속도로 위를 달리고 있었고

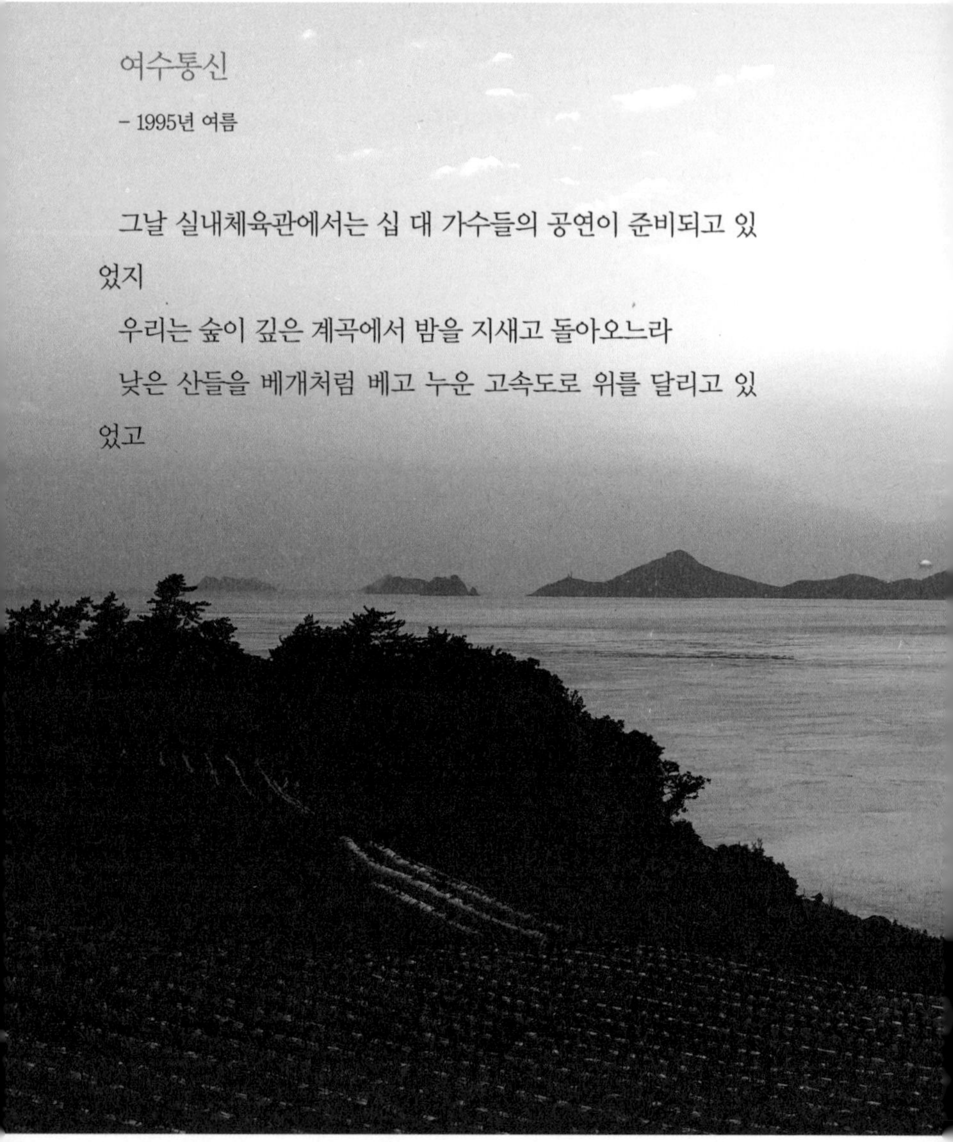

물론 일요일이니까 아무도 몰랐어

방송은 계속 저녁 6시나 되어야 태풍이 상륙한다고 했으니까

그 시간 서서히 도시로 돌아가도 된다고 생각했어

태풍이 오기 전 집으로 돌아오면 된다고 말이지

그러나 이미 바다에서는 대 전투가 벌어지고 있었어

작은 섬들은 아예 바위 밑에 웅크리고 감히 고개도 내밀지 못했고

무방비의 도시는 겨우 헐레벌떡 뛰어나온 사람들처럼

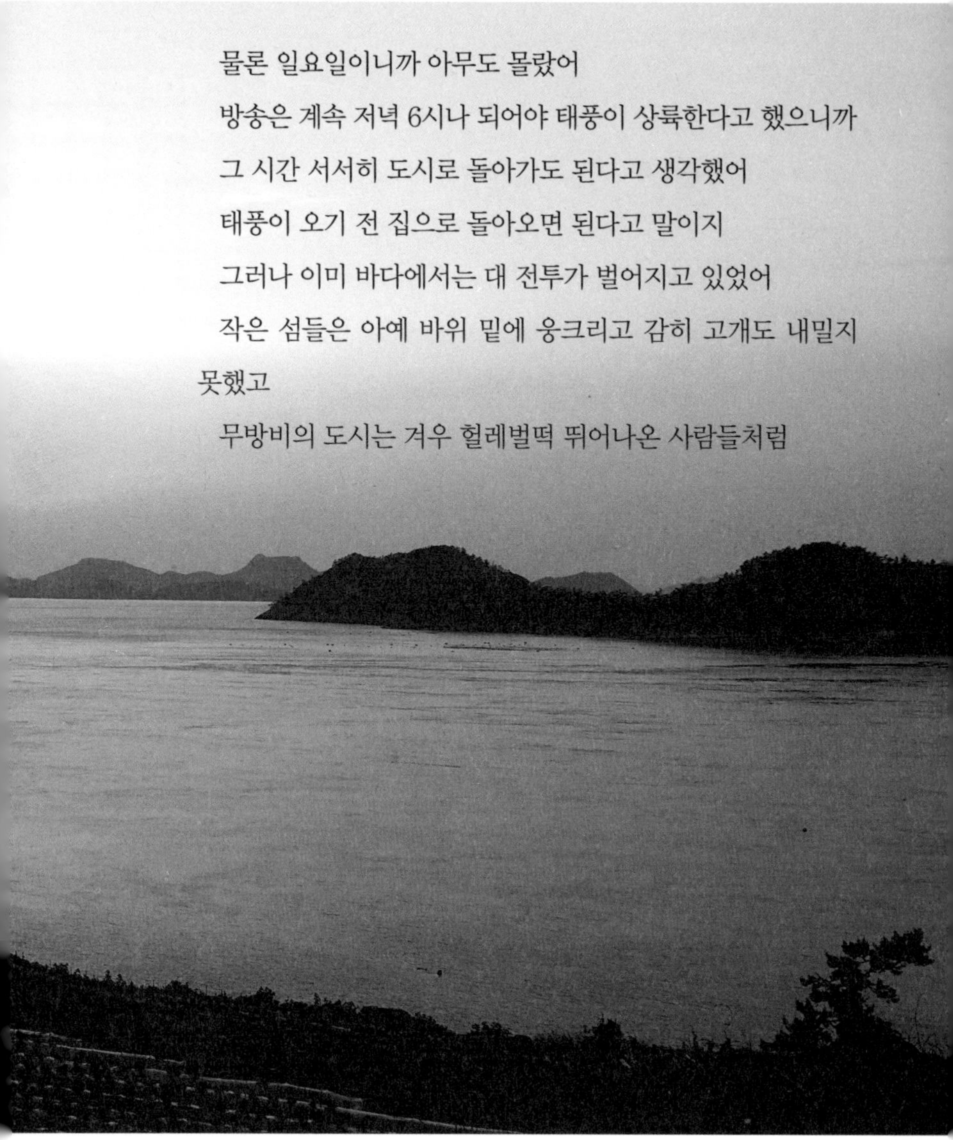

맨몸으로 강타 당하고 있었지
하물며 대양 한가운데 떠 있는 배들이며
방파제 위를 달리던 차들은 어떠 했겠어
대양 한가운데서 고래보다, 어지간한 섬보다
더 큰 바다의 왕자 씨프린스호 암초에 걸리고
드디어 그 시커먼 상처 속에서
검은 기름을 토해내기 시작한 것은 그때부터였어
크면 무얼 해?
자기를 지킬 줄 모르고 몰락한 공룡처럼
끌 수 없는 욕심으로 뒤뚱거리는 오늘의 거리들처럼
기울어 상처 입고 쓰러져버린 것을
그때부터 재난은 시작되었어
오동도 방파제를 달리던 봉고차가 파도에 휩싸이고
열한 명의 사람들이 물결에 휩싸여
용왕님의 제물이 된 것은 아주 작은 시작이었어
검게 쏟아지는 재앙을 누구도 막지 못했어
화려하면 뭘 해?
으스대면 뭘 해?
재앙 앞에서 옴짝달싹 못하는 거인처럼
우리는 그저 귀를 막고 지붕 아래 숨어서
시작되는 재난의 출정을 아무도 막지 못했어

그런 와중에 '3여 통합' 운동이 시작되었다. 오늘의 여수시는 그 당시에는 여수항구 중심의 여수시와 여천공단 중심의 여천시, 그리고 나머지 돌산도를 중심으로 하는 섬 지역으로 이뤄진 여천군으로 나뉘어져 있었다. 씨프린스호 기름유출 사건이 났을 때도 세 개의 행정구역으로 나뉘어서 일사분란한 대처가 힘들었다. 그뿐 아니었다. 하나의 생활권인데 도시계획, 교통, 행정서비스 등등이 제 각각 나뉘어져서 주민들 불편이 심했다. 심지어 택시를 타도 고개 하나 사이로 요금체계가 달라지는 불편을 겪어야 했다. 그래서 이전에도 이미 두 번씩이나 세 개의 행정구역을 하나로 만들어야 한다는 운동이 일어났지만 번번이 실패하였다. 시·군 간에 이해관계가 복잡하여 주로 상층부 인사들이 반대를 심하게 하였기 때문이었다. 그리고 인구와 영역이 작아 흡수통합 될 것을 두려워한 여천시가 가장 반대가 심하였다.

여수YMCA 이사회에서는 어렵지만 다시 통합운동을 결의하고 일을 시작하였다. 시민들에게 통합의 필요성, 편리성을 알리는 것도 중요하였지만, 통합되면 자신들의 기득권이 줄어들 것을 염려하는 여천 시·군 지도자들을 만나서 설득하는 일이 더 중요했다. 통합을 하면 여론조사로 하게 될 텐데 지역의 시·군의회 의원과 민간사회단체장들이 반대를 심하게 하는 한 찬성이 과반수를 넘게 하는 것은 힘든 일이었다. 다행히 여수YMCA는 여천에도 사무실과 인맥이 있었기 때문에 그런 일의 중심에서 앞장설 수가 있었다.

마침내 1997년 9월 세 도시가 여론조사를 통해서 주민들의 자발적 의지에 의한 통합을 이루어내었다. 그런 큰일들을 해 나가면서도 어린이 캠프, 아기스포츠단 운영과 안전한 먹을거리를 나누어 먹기 위해 주부들로 만들어진 등대 생협 공동체를 운영하는 일, 학부모들을 훈련하여 청소년 상담실을 운영하는 일 등 일상적인 일을 재미있게 해나갔다.

그러던 중 1998년 봄, 여수에 온 지 3년 만에 다시 순천 YMCA 사무총장으로 옮겨가게 되었다. 여수에서의 3년은 짧은 기간이었지만 새로운 사람들을 사귀면서 행복하게 보낸 시간들이었다. 순천YMCA에는 거의 10년 만에 복귀하는 셈이었다. 늘 교류했기 때문에 낯설지는 않았다.

회관이 낡아서 새로 지을 것인지 옮겨갈 것인지가 주요한 과제였다. 아기스포츠단 어린이들을 위한 좀 더 나은 교육환경을 만들어주고 싶은 생각이 들었다. 그리고 스포츠단을 졸업한 아이들을 위해서 대안학교를 만들어주자는 논의가 이뤄졌다. 그래서 '평화학교' 라는 대안초등학교를 만들기로 결정하고 모금과 프로그램 연구, 홍보 등등 바쁘게 움직였다. 물론 아기스포츠단 학부모들, 이사, 회원 등 많은 사람들의 참여가 있었다.

마침내 많은 사람들의 열정으로 아기스포츠단과 평화학교가 같이 들어갈 부지가 마련되고 건축에 들어갔다. 단층으로 된 예쁜 교실들, 잔디가 있는 운동장, 직접 농사를 지을 텃밭, 가축들의 우리, 피아노실, 그리고 주변을 둘러싼 낮은 산들. 아이들이 자연과 함께 생활하는 공간으로 잘 구성되었다. 나는 어떻게 하면 좀 더 생태적이고 감수성을 키워줄 수 있는 교육을 할 것인지 고민하면서 영국의 자유학교, 독일의 발도로프 교육, 이미 이루어지고 있는 우리나라의 여러 대안학교의 활동들에 대한 자료를 모으고 연구를 해나갔다. 새로운 일을 시작하는 일은 늘 즐거웠다.

이제 대안학교 아이들을 모으는 일이 중요했다. 간디학교 교장선생님 같은 먼저 시작한 선생님들을 모셔서 학부모 강좌를 열기도 하고 내가 직접 구상을 설명하기도 하였다. 생태적인 학습, 풍성한 감수성을 가질 수 있도록 다양한 음악과 미술 감상, 책읽기를 통한 인지와 논리능력 확장 등등 나름대로 다양한 프로그램 구상을 하였다. 그리고 가끔씩 외국에 나갈 기회가 있으면 그 나라 전통음악 시디를 열심히 사 모았다. 아이들에게 늘상 듣던 음악만이 아니라 세계 각 민족의 다양한 전통음악을 들려주고 싶었기 때문이었다.

순천YMCA에 일하던 중 2000년 16대 총선이 시작되어 서울에서 총선시민연대가 박원순, 최열, 정대화 등 시민운동을 이끌던 분들이 중심이 되어 시민정치운동의 한 형태로 부정부패에 연관된 후보들을 공천하지 않도록 정당에 촉구하고 만약 공천된 후보는 시민운동을 통하여 낙선시키겠다는 시민정치

나를 드러내기보다 다른 사람을 드러내려는 자세, 낮은 곳에서 약한 자들의 편에 서려는 마음. 생명을 가진 모든 존재 하나하나가 귀하게 여김 받고 대접받는 세상을 YMCA 운동을 통해 만들고자 했다.

개혁운동이 시작되었다. 전국적인 네트워크가 만들어지고 광주·전남에서도 광주YMCA 사무총장으로 있던 정찬용 등 시민사회 회원들 중심으로 광주·전남 총선시민연대가 만들어졌다. 전남동부지역에서도 고흥에 박상천 후보가 공천되어 우리도 낙선운동을 시작하였다. 해당 선거구에 내려가 마이크를 잡고 시장과 선창을 돌면서 낙선유세를 하고 다녔다.

이듬해 나는 그 일로 선거법에 연루되어 선거법 위반으로 벌금 100만 원을 선고받았다. 그리고 벌금을 내지 않아 순천교도소에 노역형을 받아 수감되었다. 오랜만에 들어가보는 교도소였다. 놀랍게도 순천교도소가 오래된 교도소임에도 예전과 달리 교도소의 환경이 많이 개선되어 있었다. 방에 수도꼭지도 있고 필기구도 있고 신문도 티비도 있었다. 물론 제한적으로 시청할 수 있었지만. 순천교도소 감방에서 나는 아침밥을 먹다가 티비 뉴스에서 생생하게 방영되는 뉴욕 무역센타가 비행기에 폭파되는 현장을 볼 수 있었다. 9·11 참사였다.

2002년 대통령선거가 시작되자 지역의 청년들이 움직이기 시작했다. 어떻게든 김대중 정부가 시작한 남북교류를 지속시키고 민주주의 기틀을 공고하게 다져야 한다고 생각했기 때문이었다. 당시 야당 경선에서 노무현 후보가 광주경선에서 돌풍을 일으켜 세상을 놀라게 하였다. 사람들은 약체 후보였던 노무현 후보가 왜 호남지역에서 돌풍을 일으켰는지 의아해 하기도 했다. 그러나 호남지역은 예전부터 어떻게든 개혁적인 정치인, 영호남 갈등을 해소하고 지역차별의 설움을 해소해줄 그런 후보를 찾고 있었다. 김대중 대통령 이후에 누가 그것을 해줄 수 있을 것인지 바라보고 있다가 저돌적이고 개혁적인 노무현을 선택한 것이었다.

청문회 스타로서 전두환 대통령을 면전에서 꾸짖던 기개 높았던 노무현, 그리고 3당합당 때 거대 여당에 따라가지 않아 총선에서 낙선을 해야 했던 노무현의 올곧은 기개와 희생에 대해 호남사람들이 마음을 내어준 결과였다. 선거에 떨어져 야인으로 있던 시절에 전국의 YMCA에서 노무현 전 대통령을 청년들이 강사로 모셨다. 여수Y에서도 모셔서 강의를 들었다. 그래서 YMCA 청년들은 노무현 후보에 대한 애정이 많았다. 호남지역의 시민사회 지도자들도 열심히 노무현 후보를 지지했다. 정찬용, 박화강, 조계선 등 많은 선후배들이 그 일에 앞장섰다.

2002년도 겨울은 희망의 겨울이었다. 당시 나는 전남대 NGO대학원 박사과정을 다니고 있었는데 개표방송을 동료들과 함께 맥주를 마시며 보고 있었다. 당선이 확정되자 모든 학생들이 맥주잔을 치켜들었다. 온 광주 시내 술집이 그날 다 똑같았을 것이다. 뿌듯했다. 내가 선택한 후보가 당선된다는 것이 그렇게 기쁠 줄이야. 수많은 선거를 했지만 김대중 대통령이 당선되던 날 밤과 노무현 대통령이 당선되는 그 밤을 잊지 못한다.

2003년도 봄, 나는 새로 개교하는 평화학교 일에 몰두하였다. 새로운 정부가 들어선다고 주변 사람들 모두 활력이 넘쳤다. 광주Y 사무총장으로 있던 정찬용 선배가 청와대 인사수석으로 지명되었다. 광주Y 사무총장이 공석이 되자 광주Y 사무총장으로 가야 하는 것 아니냐는 이야기가 나왔다. 나는 평화학교를 잘 정착시키는 것이 중요했기 때문에 갈 수 있는 형편이 안 되었다.

그런 와중에 한국YMCA연맹도 사무총장을 새로 선출해야 하는 일이 생겼다. 전임 이남주 사무총장이 정년이 되어 퇴직하고 새로 생긴 부패방지위원회 위원장에 임명되었다. 그러자 젊은 후배들 몇이 나에게 연맹 사무총장을 해야 한다며 추천을 하였다. 나는 전혀 준비도 되어 있지 않았고 순천Y 일만도 벅찼으나 전국 간사들 모임에서 논의를 하고 이사회에 추천을 하여 2003년 6월 연맹 사무총장으로 임명되었다. 그리고 2011년 2월까지 연맹 사무총장으로서 8년 동안 YMCA 일을 하고 퇴임하였다.

1984년 서른셋에 사회 첫발을 YMCA에서 내디뎌 거의 30여 년을 실무자로서 회원으로서 YMCA와 동고동락을 하였다. 성인으로서 내 삶의 대부분은 YMCA 운동에 종사하며 보냈다. 그래서 오늘의 나는 YMCA에서 보고 듣고 배운 것을 통해서 이루어진 존재일 것이다. 특히나 사람을 만나서 상대하고 소통하고 존중하는 것은 전적으로 그렇다.

YMCA활동가들의 연수는 세상을 변화시키고자 하는 뜨거운 열정의 도가니였다.

수많은 YMCA 지도자들이 대부분 모두 겸손한 사람들이었다. 온유했다. 충실한 예수의 제자들로서 살고자 했다. 나를 드러내기보다 다른 사람을 드러내려는 자세, 앞서는 일보다 보이지 않는 뒤에서 일을 만들고 다른 사람들을 앞에 내세우려는 자세, 그리고 낮은 곳에서 약한 자들의 편에 서려는 마음. 이 모든 것들이 성서에 나타난 젊은 예수의 삶이라고 믿었다. 그래서 모두들 젊은 예수처럼 살고자 하였다. 억압당하고 수탈당하는 사람들이 없는 세상을 만드는 일이 이 땅에 하나님 나라를 만드는 일이라고 생각하며 운동을 하였다. 하나님이 지으신 이 세계와 창조물들이 훼손당하고 업신여김을 받는 일이 없도록 하는 일, 생명을 가진 모든 존재 하나하나가 귀하게 여김 받고 대접받는 세상을 YMCA 운동을 통해 만들고자 했다.

YMCA에서 일하는 우리는 창조물인 생명을 존귀하게 여기고 보존하고, 존재들 사이에 서로의 관계를 인정하고 공생하며 평화롭게 살아가도록 하는 생명 평화의 세상을 만드는 것이 하나님 나라를 만드는 일이라 생각하였다. YMCA 연맹에 있으면서 어떻게 한국사회를 위해 YMCA 운동이 기여할까 많이 고민하였다. 그래서 우리는 기독교인이 아닌 사람들도 함께할 수 있도록 예수운동을 우리는 '생명평화' 운동이라는 이름으로 불렀다. 그리고 한국YMCA가 이 땅에서 생명평화를 이루는 도구로 쓰임 받고자 했다. 개화기 때부터 사회개혁운동에 앞장섰던 YMCA 운동을 100년이 된 한국사회에서 생명평화운동으로 지역화시키고 지역사회 시민들의 힘을 키워 그 힘으로 대한민국을 바꾸고자 하였다.

그런 과정에서 '북한 자전거 1,000대 보내기 운동', 광우병 파동 광화문 시위 현장의 '늪자 평화행동단', 신생국 동티모르 주민들을 돕기 위해 시작한 '피스커피 사업', 국민은행과 함께 시작한 해외 대학생 훈련프로그램인 '라온아띠' 등 여러 사업과 운동을 전국 지역Y들과 함께 펼쳤다. 부족한 능력을 지역에서 일하는 많은 실무자 회원들이 함께해 주었기 때문에 가능한 일이었다.

•지리산으로 귀향

2011년 2월, 나는 평생 일해오던 YMCA를 퇴직하였다. 후임으로는 광주YMCA 남부원 사무총장이 취임하였다. 나는 오랜만에 해방되었다. 공적인 삶에서 이제 어머니의 아들, 아내의 남편, 아이들의 아빠로 돌아올 수 있게 되었다. 아침부터 밤늦게까지, 휴일도 없이 집 밖으로 돌아다녔다.

그러나 시간이 많이 지나버렸다. 아이들은 벌써 다 커서 부모의 손길을 받을 나이가 넘어버렸고 어머니는 시골집에서 아들을 돌아올 날을 기다리다가 아흔이 넘은 극노인이 되어버렸고, 아내는 평생 살림살이를 혼자 꾸리느라 온몸에 기가 빠져 초로의 나이를 바라보고 있었다.

아내와 나는 우리들의 마지막 삶을 어떻게 보낼까 상의하다가 시골로 돌아가기로 하였다. 예전에 글을 쓰느라 들어가 살았던 지리산 집을 수리하기로 하였다. 시간이 없었다. 어머니는 이제 정신이 약해져 겨우 아들만 알아보는 정도가 되었다. 장모님도 병이 위중하셔서 언제 돌아가실지 알 수가 없었고 장인도 이미 아흔이 넘으셨다. 이제라도 함께 모시고 아들 노릇, 딸 노릇을 해봐야 다음에 돌아가시고 나서라도 한이 없을 것 같았다.

찬바람이 채 가시지도 않은 봄날에 아내와 내가 일단 집을 고치러 내려갔다. 오래 버려두었던 집이라 흙벽이 해져 바람이 숭숭 들락거리고 창호지문은 해져 방 안이 다 들여다보였다. 마당도 풀이 우거지고 대숲도 우거졌다. 부랴부랴 열흘 동안 황토 흙을 구하고 짚을 얻어다 썰어서 흙반죽을 만들고, 바람 들어오는 외벽을 손으로 발랐다. 고된 줄을 모르고 맨손으로 날마다 흙일을 하니 나중에는 손마디가 시끈거렸다. 움푹진푹한 토방에 흙도 들여 안전하게 만들었다. 그리고 벽지를 사다가 온 방을 돌아가면서 날 새는 줄 모르고 도배를 하였다. 아내도 힘들고 나도 힘들었다. 오랜만에 해보는 일이라 더욱 그러했다. 그래도 이제 어머니와 장인, 장모님 함께 모시고 살 수 있다니 마음은 바빴지만 행복하였다.

대충 집안 정리가 끝나자 안산 큰누님 댁에 계시던 어머니를 모시고 내려왔다. 늘 아파트 안에서 "우리 집에 갈란다" 하시며 밖으로 나가려 하시던 어머니가 집으로 모시고 간다 하니 좋아하셨다. 큰누님은 괜찮다고 심란하게 시골집에 왜 모시고 가려고 그러냐고 했지만 어머니는 오히려 시골집에 가시는 것을 더 좋아하실 거라고 생각했다. 막냇동생이 차를 몰고 어머니를 앞자리에 단단히 안전벨트로 묶어드리고 오후에 안산에서 지리산으로 출발했다.

오랜만에 다시 옛날 광주 포도밭에서 함께 살던 때로 돌아가는 기분이 들었다. 동생과 나는 그때 어머니가 삯일을 해서 먹여 살리지 않았더라면 오늘의 우리가 없었을 것이다. 해가

지리산 노고단의 겨울.

2011년 2월, 나는 평생 일해오던 YMCA를 퇴직하였다. 아내와 나는 우리들의 마지막 삶을 어떻게 보낼까 상의하다가 시골로 돌아가기로 하였다. 예전에 글을 쓰느라 들어가 살았던 지리산 집을 수리하기로 하였다.

기우는 남녘 길을 내려가면서 어머니는 정신이 드시는 듯 집으로 가냐고 물었다. "그래요, 집으로 가요. 어머니 이제 우리 시골집에 가서 살아요." 어머니가 해맑게 웃었다.

지리산 집 마당에 들어서자, 어머니가 여기가 집이냐고 하셨다. 아무래도 그전 순창의 집과 구조도 주변 풍경도 다르기 때문에 느낌으로 아시는 듯 했다. 그래도 나는 우겼다. 우리 집이라고, 어머니 예전에 살던 집이라고.

저녁이 되어 불을 켰다. 창호지로 형광등 불빛을 가린 방은 은은한 천국의 방이 되었다. 아궁이에 나무를 때서 달군 구들방은 따뜻했고 천정 불빛은 아늑했다. 옛날 시골에서 나란히 한 줄로 누워서 자던 그때가 떠올랐다.

며칠 후 광양에 사시던 장인과 장모님을 모시고 왔다. 장모님은 병이 위중하셔서 시골집에 오시는 것이 싫으셨을 텐데도 딸과 함께 살자고 하니 오셨다. 좁은 집이지만 모두들 옛날 시골처럼 깔깔거리며 살았다.

한편으로 새집을 짓기 시작했다. 마당 한쪽을 포클레인으로 고르고 터를 잡아 시멘트집을 짓기 시작했다. 흙집으로는 추운 지리산의 겨울을 날 수가 없었기 때문이었다. 화장실도 세면실도 부엌도 제대로 되어 있지 않은 상태에서는 노인들을 모실 수가 없었다. 도시가 멀고 깊은 산속이라 집짓는 일이 더디었다. 아내는 집을 지랴, 노인들 모시랴 오히려 일할 때보다 더 바쁘게 살아야 했다. 그러나 부모님을 함께 모시고 살 수 있을 것이라는 희망, 오랜만에 우리들만의 시간, 공간으로 돌아왔다는 안도감으로 하루하루가 기뻤다.

그러나 행복한 시간은 잠시였다. 장마 때 햇살처럼 잠시 빛나는 시간일 뿐이었다. 오신 지 몇 주일도 되지 않아 어머니는 기분이 좋아 마당에 내려가시겠다고 하다가 낙상을 하셨다. 곧 나으실 줄만 알았는데 너무 아프다고 하셔서 구례 병원에 가서 X레이 촬영을 해보니 고관절이 부러졌다고 하였다. 못난 자식이라는 생각과 함께 후회가 밀려왔다. 차라리 시골로 모시고 내려오지 않았더라면 이런 일이 안 생겼을 수도 있었을 텐데.

어떤 상태냐고 원장에게 물으니 매몰차게도 말을 했다. “수술해서 잘하면 6개월, 안 하면 몇 달 못 사실 겁니다.” 그 말이 너무도 서운했다. ‘낙상하면 수술해서 고치면 되지, 낙상이 죽을병도 아닌데.’

의사가 수술 할 거냐고 묻자 나는 수술을 해달라고 하였다. 어머니는 워낙 강한 분이셨다. 평생 한 시도 그냥 앉아 계시는 분이 아니었다. 그런데 낙상을 했으니 오죽했으랴.

다행히 수술은 잘 끝났고 병원에 입원하여 회복하기를 기다렸다. 아내는 집에서 장모님을 모셔야 하니까 어머니는 주로 내가 옆에서 돌보아 드렸다. 밤이면 마치 아이들처럼 소곤소곤 대화를 하였다. 수십 년 걸려서 얻은 어머니와 마지막 행복한 날들이었다. 수술한 곳은 나았는데 침대에서 손이 부러져 몇 개월 더 입원을 하여야 했다. 그러나 체력이 점점 소진해갔다. 미음에 약 먹으랴, 입맛이 없어 영양상태가 안 좋아지니 점점 기력도 쇠해지고 정신도 희미해져만 갔다.

그런 와중에 장모님도 같은 병원에 입원을 하였다. 암세포가 점점 더 심해져서 도저히 집에서는 모실 수가 없었다. 이제 아내와 내가 번갈아 가면서 병원을 지켜야 했다. 장모님은 병세가 점점 더 악화되었으나 정신은 그대로 확실하셨다. 딸을 두고 가야 함을 예감하신 듯했다.

여름날 장모님이 먼저 세상을 뜨셨다. 아내는 충격 속에서도 어머니와 장인어른을 모셔야 해서 슬픔을 정리할 사이도 없었다.

가을에 어머니를 집으로 모셔왔다. 가을이 깊어져 대나무 숲의 잎사귀 흔들림이 약간 쇳소리를 낼 때쯤이었다. 어느 날 서울로 출장을 갔는데 아침에 일어나니 아내에게서 전화가 왔다. "여보, 어머니가 이상해. 돌아가신 것 같아. 몸은 따뜻한데 숨을 쉬시지 않아." 나는 전화를 받는 순간 어머니가 돌아가셨다는 것을 느꼈다.

부랴부랴 다시 열차를 타고 내려오면서 나는 나와 어머니가 함께했던 지난날들을 생각했다. 눈물이 흘렀다. 죄송했다. 어머니, 미안해요. 함께 있어 주지 못해서 미안해요. 늘 고향집 창문을 열고 멀리 아들이 오나 하면서 허구한 날 기다리던 어머니. 이제 내가 함께 살려고 하는데 가시는군요. 어머니, 죄송해요. 못난 아들입니다.

평소 어머니는 "점쟁이한테 갔더니 나는 담에 꽃상여를 타고 올라간단다."라고 말씀하셨다. 마지막 수의로 단정하게 갈아입고 붉은 버선코가 달린 버선을 신고 얌전하게 누워 계신 모습이 마치 새색시 같았다. 그 옛날 열여덟에 시집오시던 그 모습으로 꽃가마를 타기라도 할 것처럼.

어머니를 아버지 묘에 함께 모셔드렸다. 짧은 생, 긴 영면을 하시라고. 어머니가 안 계신 고향집은 이제 텅 비어 있다. 땅과 함께 살았던 마지막 세대가 가버리고 이제 나는 그 유업을 이어받지 못하니 이제 땅은 누가 거둘 것인가.

거두어버린 손

겉보리 덕석 같더니만
홍시감 껍질같이 얇아져 버렸네
호미자루 하나면
묵은 뙈장밭도 떡고물처럼 거루시더니
매시랍던 손바닥 다 닳아져
놀짱놀짱 속이 다 훤히 비치네

새벽, 날리는 솔씨처럼
지절구 지절구 참새들 몰려와
창호지 여린 문살 어둠을 쪼아대도
희미한 기침으로 돌아누울 뿐
오목가슴 아래 모아 올린 두 손이
벗어 둔 코고무신처럼 가지런하네

이제, 이슬 털며 들길 가지 못하시니
어둔 길 풀잎 밟으며
돌아오는 발소리 들을 수 없다
흙을 털어버린 손
어머니 호미자루 놓아버린 뒤
나는 영영 그 땅으로
돌아갈 길을 잃어버렸다.

제3부

군포에서, 시민의 정치를 꿈꾸다

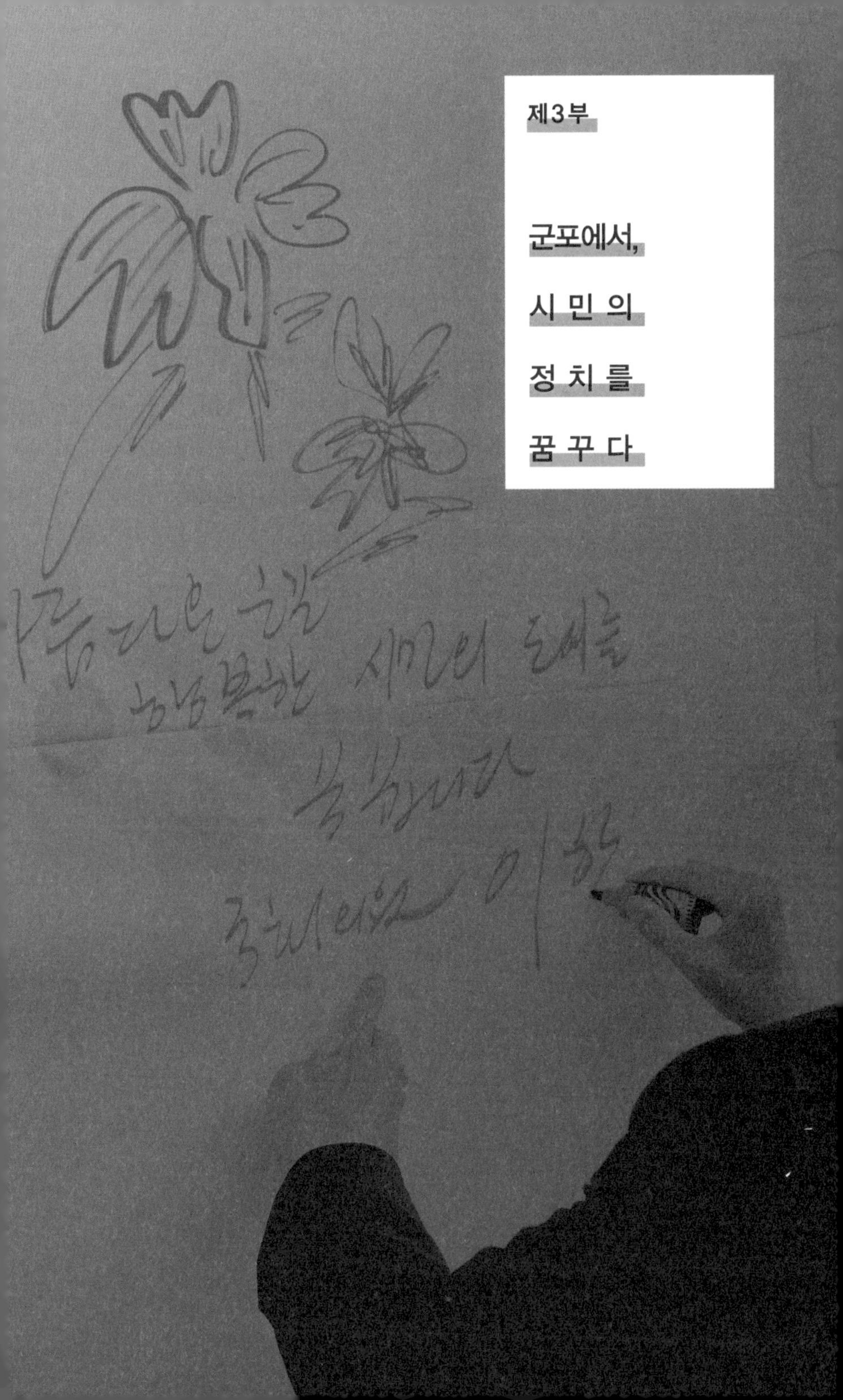

•정치, 매섭게 시작한 출발

YMCA연맹에서 일할 때 이부영 전 의원님의 제안으로 진보통합시민회의 일을 하게 되었다. 새누리당과 통합민주당 양당 체제에서 사회개혁을 이끌어낼 수 있는 진보적인 제3당을 만들어서 진보개혁정치 블럭의 영역을 확대하자는 취지에서 시작한 운동이었다. 이부영 전 의원님을 비롯한 조성우, 이수호, 유시춘 선생님 등 몇 분들이 논의를 시작하였다. 시민사회에서 준비 논의하는 데 참여하지 않겠느냐고 권유하셔서 고사하다가 뒤에서 심부름이나 돕겠다는 취지에서 배석하였다. 당시 진보정당과 기타 개혁적인 사회운동 세력을 통합시켜 좀 더 확장된 진보정당으로 통합하기 위한 노력을 하였다. 정당 밖에 있는 과거 민주화운동, 시민운동 세력들과 민주노총, 참여당, 민노당 통합까지 두루 폭넓은 통합을 시도하였다. 그러나 2011년 여름쯤 통합운동은 실패하였다. 진보통합시민회의를 주도하였던 사람들 중 일부는 실패를 자임하고 진보통합시민회의 활동에서 물러났다.

그런 와중에 나는 지리산에 있으면서 간간이 서울 회의에 나왔다. 12월쯤에 19대 총선을 앞두고 민주당 손학규 대표께서 더 큰 야당을 만들기 위해 여러 세력을 초청하여 논의를 시작하였다. 손학규 대표님의 요청으로 그 논의의 모임에 참석하게 되었다. 어찌 되었건 정치발전을 위해 거들려니 했다. 논의가 진전되어 '혁신과 통합', '내가 꿈꾸는 나라' 등, 당 밖에 있던 여러 세력이 하나로 모여 새로운 야권연대 통합에 참여하기로 결정하였다. 그렇게 해서 새로 만들어진 '민주통합당'에 참여하게 되었다.

곧바로 신당의 최고위원을 뽑는 선거가 있었다. 함께 참여하였던 몇 분들이 최고위원 선거에 나설 것을 권유하였다. 새로운 야당이 시민세력을 포함하여 새롭게 변하는 실제를 보여주려면 다양한 세력들의 역동적 참여를 끌어내야 하는데 그러려면 시민운동을 했던 사람도 참여해야 한다는 논리였다. 선출하는 방법도 당원과 시민의 참여, 그중에서도 SNS를 통한 참여도 가능하니 대표하여 대회의 기운을 세우기 위해 참여해야 한다는 주위의 권위가 있어 정당이 뭔지도 모른 채 참여하게 되었다. 당시 최고위원 선거는 SNS를 통한 참여도 가능해서 붐을 일으킬 수 있다는 것이었다. 모르면 용감하다고 이왕 새로운 영역에 도전하는 것이니 적극적으로 해보자 하고 참여하기로 하였다.

2011년 12월 26일부터 접수가 시작되어 이듬해 1월 15일 일산 킨텍스에서 투표까지 정신없이 제주도부터 서울까지 전국을 순회하였다. 정당도 정치도 처음 접하는 나로서는 생소했지만 추운 겨울 동안 주요 도시를 순회하면서 참 많은 사람을 만났다. 밖에서 바라보기만 했던 정당을 직접 몸으로 체험하는 시간들이었다.

결과는 낙선. 예측된 결과였지만 내 이름이 불리지 않는 순간, 나를 도와주었던 수많은 사람들에게 미안한 생각이 들었다. 그리고 시민운동세력이 참여하여 정치를 발전시켜 주기를 기대하고 참여하여 지지해준 7만여 명의 지지자들에게 죄송하고 감사했다. 당시 민주통합당 최고위원 경선에는 수많은 시민들이 모바일 선거인단으로 등록하였다. 거의 백만여 명이 참여한 큰 정치행사였다. 나는 곧 낙선 인사를 보냈다.

"변방에서 새로운 길을 찾아 가렵니다."

– 지난 경선 과정에서 저를 지지하고 사랑해주신 분들께, 그리고 국민 여러분께

참 행복했던 지난 한 달이었습니다. 무명의 저를 알아보시고 선택해주신 7만여 선거인단 여러분께 진심으로 감사인사 드립니다.

마치 유랑극단 같았습니다. 연습도 안 된 어설픈 광대가 무대에 오른 기분이었습니다. 그러나 이럴 때 아니면 내가 하고 싶은 이야기 언제 하겠냐 하는 마음으로, 하고 싶은 말 다하지는 못했지만 그래도 꽤 했습니다. 시민운동가 이학영의 발언과 비록 후보이긴 하지만 예비정치인의 발언과는 비중이 많이 다르구나, 느꼈습니다. "한미 FTA 찬반 여부를 민주통합당 총선공천 기준으로 넣겠다. 검찰개혁 찬반 여부를 공천기준으로 넣겠다."할 때 속이 거북한 정치인들도 계셨으리라 생각됩니다. 제가 시민운동가로서 그런 발언했다면 무시하면 그만이지만, 만약 저 사람이 진짜로 민주통합당 대표가 되면 어쩌지, 하는 의원님들 많았겠지요? 그런 발언 했으니 그분들 영향력 아래 있는 표가 저에게 올 리가 없었을 것입니다.

시민운동과 정치가 방식은 다르지만 실현하고자 하는 일은 같다고 생각합니다. 사람이 살 만한 세상 만들기겠지요. 시민운동에 이어서 새롭게 시도해본 시민정치운동, 더 나아가서 직접적인 정치참여운동. 역시 쉬운 일은 아니었지만 저로서는

마땅한 경로였다고 생각합니다. 평생 쌓아온 시민운동의 경험을 정치에서 다시 적용해보는 것은 인생 재활용이라고 생각했으니까요. 지리산에서 사는 것도 좋지만 아직은 세상을 위해 내 시간과 노력을 쏟는 것도 중요한 것 아니겠습니까? 다만 전국적 경선을 치르느라 제가 일했던 한국YMCA를 비롯해 여러 시민단체에 끼쳤던 수고와 고민, 그것이 부담으로 남습니다. 그리고 직접 몸으로 뛰어 주신 분들에게 미안하고요. 아무런 대가에 대한 기대도 없이 해주셨으니까요. 마음 깊이 감사드립니다.

이제 제가 해야 할 일은 저를 지지해주신 많은 분들이 바라는 새로운 세상에 대한 꿈을 제가 함께 꾸는 일이라고 생각합니다. 그리고 더 나아가 그것을 이루기 위해 정치영역에서 많은 일을 해야 한다는 것입니다. 어떻게 그런 일을 해야 할까 고민하고 있습니다. 벼슬이 없으니 현재의 내 자리에서 어떻게 시작할까? 돈이 없으니 돈 없는 방식으로 어떤 것이 가능할까? 등등입니다. 벼슬 없는 거야 이제 별로 상관없을 것 같습니다. 전국에서 7만여 명이 저를 선택하고 지지해주셨으니 바로 그 자산이 제가 출발할 수 있는 언덕이 될 것 같습니다. 전국 어디를 가나 그분들을 만나서 함께 가면 된다고 생각합니다. 돈이 없는 거야 없는 대로 할 수 있는 방법을 생각하겠습니다.

한국 정치 이대로 가면 안 되지요? 국민들의 고통과 아픔을 해결해주는 정치로 가야지요. 그럴 수 있는 정당을 만들어야지요. 그러려면 단 한 번 지지하고 끝내서는 안 된다고 생각합니다. 우리들 자신이, 내가 직접 정당을 만들겠다는 생각으로 한 발 더 나아가야 할 것 같습니다. 현재로서는 우선 온라인에 '생명평화세상' 을 꿈꾸는 사람들의 정치모임 같은 것을 만들어보면 어떨까 생각하고 있습니다. 그곳에서 우리끼리 정책을 만들어내고 그것을 정당에 반영하고 안 되면 우리 스스로 캠페인 하고…… 등등이요.

지난 경선과정에서 저를 도와준 많은 분들 감사드립니다. 그리고 기대를 가지고 보아주셨던 국민 여러분들께도 감사드립니다. 이학영, 어설프게 연설하고 어설프게 선거운동 했지만 불과 열흘 사이에 이만큼 많은 공감대를 우리 함께 이루었습니다. 온라인 공간만 보아도 지난 연말 불과 몇 백명에서 지금은 만 단위를 넘는 분들이 함께 이야기를 나누고 있잖아요? 이 힘으로 한국정치 개혁을 시작합시다. 정당을 시민정당으로 만드는 일, 한국사회를 더불어 함께 사는 연대사회로 만들어봅시다.

인사 글 쓴다고 컴퓨터 앞에 앉았다가 그새 세 시간을 트윗하느라 보내버렸습니다. 오늘은 짧게 감사인사 드립니다. 여러분들의 과분한 그 사랑을 가슴에 안고 시민의 바다에서 새로운 꿈을 꾸겠습니다. 변방에서 꾸는 꿈, 변방에서만이 새로운 바람이 분다는 것을 늘 잊지 않으며, 이학영이 꿈꾸는 생명평화정치를 행복하게 다시 시작하겠습니다. 설 잘 쇠십시오."

•아름다운 마을 군포에서 착한 정치를

수리산 자락 아래 아름다운 도시, 군포. 올해 우리 군포시는 전국에서 제일 살기 좋은 두 번째 도시로 선정이 되었다. 군포시가 지향하는 '가족이 행복한 도시'가 구호만이 아니란 것이 입증되었다. 이런 행복도시에서 정치는 어떤 정치여야 할까? 시민운동을 했던 내가 정치에 뛰어 든 이상, 내가 하는 정치는 뭐가 달라도 달라야 할 텐데 하는 생각을 늘 하게 된다.

2012년 2월 말쯤 나는 민주통합당 군포시 후보로 전략 공천을 받게 되었다. 불과 선거가 40여 일밖에 남아 있지 않을 때였다. 군포에 오자마자 먼저 김윤주 시장님을 찾아뵙고 인사드렸다. 김윤주 시장님은 입지전적인 분이시다. 노동운동을 하다가 김대중 대통령님으로부터 전략공천을 받고 군포시장으로 출마하여 당선되고 이후로 평생 오늘의 군포시를 이끌어 오신 분이다.

이제 갓 정치에 입문한 나로서는 모두 따라 배우지 않으면 안 될 선배님이기에 부족하지만 많이 지도해달라고 말씀드렸다. 그리고 민주당의 원로이신 백남규, 손윤국, 손덕호 고문님들을 찾아뵙는 일로 선거운동을 시작하였다. 여러 기관 사회단체 등을 방문한 뒤 골목을 돌아다니기 시작했다. 많은 분들

시민운동가 이학영이 정치인으로 나아갈 수 있도록 후원회장이 되어주신 조국 교수와 함께.

이 염려와 걱정을 많이 해주셨다. 그러면서도 격려를 해주셨다. 처음 뵌 분들인데도 모두들 오랫동안 한 동네 사람들처럼 별로 낯설지가 않았다. YMCA를 하면서 평생 낯선 도시에 가서 새로운 사람들을 만나고 함께 살아본 경험 때문이었을까?

3월이라지만 새벽바람은 차가웠다. 이른 새벽부터 산본역과 금정역에 나가 어둠 속에서 출근하는 분들에게 인사를 하였다. 날이 밝아지면서 산본역으로 밀물처럼 밀려나오는 수많은 시민들을 보았다. 알 수 없는 감동을 느꼈다. 한 사회가 이렇게 수많은 사람들의 노력으로 이루어지는구나. 말없이 묵묵히 일하는 저런 분들 때문에 한 나라가 운영되는구나. 저런 분들이 자신이 맡은 일만 열심히 하면 걱정 않고 살아갈 수 있도록 해주는 정치가 정말 중요하겠구나. 수없이 밀려오는 시민들에게 인사를 하면서 내가 하려고 하는 일이 얼마나 중요하고 무거운 일인지, 어떻게든 저런 분들이 행복하게 살아갈 수 있게 해주어야지 하는 마음을 곱씹으며 인사를 하였다.

군포시 구석구석을 돌아다니면서 많은 분들에게 많은 이야기를 들었다. 마치 한꺼번에 고시를 준비하는 듯한 기분이 들었다. 골목골목마다 많은 이야기들을 들었다. 그런 내용들은 함께 다니는 운동원들이 모두 기록을 하였다.

2012년 4월 11일, 19대 총선 날이 밝았다. 새벽마다 함께 나갔던 아내와 아이들이 오랜만에 집에서 아침밥을 함께 먹었다. 오전에 투표장에 나가서 투표를 한 후, 오후엔 조용히 집에 들어와 기도하는 마음으로 결과를 기다렸다. 어떤 결과가 나오든 겸허하게 받아들이자.

내 인생 굽이굽이 돌이켜 보면 한 번도 내가 계획을 세우고 마음먹은 대로 흘러온 적이 없었다. 대학을 가게 된 것도, 학생회장 선거에 나선 일도, 긴급조치 4호로 감옥에 끌려간 것도, YMCA에서 일하고 연맹 사무총장이 된 것도, 정치에 입문한 것도 내가 계획 세워서 된 일들이 아니었다. 나는 주어진 길을 열심히 걸어왔을 뿐이었다.

기도하는 마음으로 저녁을 기다렸다. 자정이 가까워지면서 거의 당선이 확정되었다는 소식이 개표장에서 들려왔다. 그때 사무실로 나가서 함께했던 많은 분들에게 인사를 하였다. 세상의 일들이란 절대 혼자 해서 되는 일이 없다. 모두 누군가 뜻을 함께해 준 사람들이 함께 이룬 것이다. 사무실 가득 매운 여러분들에게 진심으로 감사를 드렸다.

늦은 밤, 개표가 끝난 뒤 군포시 선관위원장님으로부터 당선증을 받으면서 진심으로 군포 시민들께 감사 인사를 드렸다. 너그럽게 나를 국회의원으로 만들어주셨다. 두고두고 생각해도 감사할 수밖에 없는 일이었다. 처음 본 나를 잘 알지 못하고서도 당선시켜 준 것은 당에 대한 지지가 대부분이겠지만 인생에 대한 부분적인 인정도 있었으리라 생각되었다. 그런 것을 생각하면 군포 시민들에게 평생 갚아도 갚을 수 없는 삶의 빚을 진 것이다. 그러니 어떻게 나를 믿고 뽑아 준 시민들에게 잘 하지 않을 수 있겠는가?

당선된 이후 나는 늘 고민하면서 오늘까지 왔다. 시민운동을 했던 내가, 기독교인인 내가 시민운동과 예수님을 욕먹지 않게 해야 할 텐데, 그러려면 어떤 정치를 해야 할까? 정치가 희망과 신뢰보다는 불신과 질타를 받는 시대에 어떻게 정치가 사람을 행복하게 해주는 수단이 될 수 있고, 희망을 줄 수 있으리란 것을 보여줄 수 있을까?

2012년 2월 말쯤 나는 민주통합당 군포시 후보로 전략 공천을 받게 되었다. 군포시 구석구석을 돌아다니면서 많은 분들에게 많은 이야기를 들었다. 마치 한꺼번에 고시를 준비하는 듯한 기분이 들었다.

• 시민이 주인인 정치를 하고, 시민의 심부름꾼이 되자

당선된 다음 날 아파트를 나와서 군포 시내를 다니는데 도대체 어떻게 처신을 해야 할지 알 수가 없었다. 매일 노란 잠바를 입고 선거 기호와 내 이름이 쓰인 어깨띠를 두르고 다닐 때는 어색하지 않았다. 아무 데서나 누구에게나 인사를 하며 나를 소개했는데, 막상 선거가 끝나니 전혀 다른 느낌이 들었다. 노란 잠바도 어깨띠도 없는 평범한 이학영으로 돌아와 있었다. 마치 연극무대에서 내려온 느낌이랄까?

처음에는 바라보는 사람마다 고개를 끄덕이고 인사를 했다. 그런데 지나치는 시민들이 잘 몰라봤다. 점점 사람들이 다가오면 난처해지고 힘들어졌다. 인사를 할까 말까. 그렇다고 안 하면 아는 분들이 욕할 것 같고 하자니 온종일 거리를 다니면서 고개를 숙이며 인사를 해야 할 것 같고. 그런 과정 속에서 몸이 천근만근 무거워짐을 느꼈다. 아, 이것이 바로 공인이라는 것이구나.

어느 날 새벽 일찍 집을 나서 시내를 걸어가는데 아파트 단지 안에서 어르신 한 분이 새벽운동을 나오시는 게 보였다. 거리와 속도로 보아 내가 지나쳐도 조금도 어색하지 않는 상황이었다. 그러나 그냥 조금 기다렸다가 인사를 드렸다. 그랬더

니 "아, 이의원이네요. 이렇게 일찍 어디를 가는 거요?" 속으로 뜨끔했다. 그냥 지나쳤더라면 틀림없이 어른을 보고도 인사도 안 하는 국회의원이 될 뻔했으니 말이다.

국회의원이 당선되고 나서 양당 사이에 협상이 안 되어 개원이 안 되자 언론은 날마다 일하지 않는 국회의원이라는 비난을 쏟아 부었다. 그러나 나는 날마다 새롭게 시작할 직분을 위해 다양한 준비를 했다. 사무실을 정비하고 내가 무슨 일을 해야 할지 사람들을 만나서 상의하고, 또한 그동안 고생해준 분들에게 인사도 하고.

그러나 한편으로 마음이 불편할 수밖에 없었다. 언론을 통해서 나쁜 이미지로 보이는 국회의원들, 나를 그런 정치인 중의 하나로 바라보는 국민들의 눈초리가 부담스러웠다. 무거운 사슬을 끌고 다니는 노예처럼 국회의원이라는 이름에 따라오는 삶의 무게, 시선의 무게를 견딜 수 없어 힘들었다.

시민운동가 출신의 국회의원은 무엇이 달라야 할까? 국민들이 정치를 신뢰하지 못하고 싫어하는 현실 속에서 어떻게 시민들에게 믿음과 사랑을 받는 정치가 되게 할까? 많은 생각들을 하였다. 정치인 하면 떠오르는 부정적인 생각들. 부패한 정치인, 시민들 위에 군림하는 정치인, 거짓말 하는 정치인일 것이다.

시민운동가처럼 정치를 하자. 부정부패를 공격하되 스스로 부패하지 말자. 부정한 일을 하지 말고, 부정한 돈을 받지 말자. 거짓말, 헛공약을 남발하지 말자. 국민 위에 군림하려 하지 말고 친구요 심부름꾼이 되자. 초심을 잃지 말자. 다 그렇고 그렇더라, 소리를 듣지 말자. 그 사람, 참 한결같다 라는 소리를 듣자. 그리고 시민 속으로 찾아가는 국회의원, 시민들의 삶을 향상시키고 행복하게 하는 일을 찾아서 하자. 시민정치란 시민의 심부름꾼으로서 시민들의 삶의 어려움을 해소하기 위해 노력하는 정치일 것이다. 국회의원 같지 않은 국회의원이 되자. 그냥 동네 이웃처럼 편하고 가까운 국회의원이 되자.

새벽 다섯 시가 넘으면 일어나서 캄캄한 새벽공기를 뚫고 국회로 나갔다가 밤늦게야 돌아오는 삶이 시작되었다. 물론 시민운동을 할 때도 일찍 일어나고 밤늦게 들어오는 생활을 하였지만 국회의원이라는 이름은 그보다 훨씬 무겁고 힘들었다. 당시 민주당 비상대책위원회 위원으로서 매일 아침마다 발언하고 준비해야 하였다. 나는 그저 시간만 나면 차 속에서 누워 잠을 잤다.

그리고 군포에 돌아오면 시내 곳곳을 돌아다녔다. 경로당, 골목 가게, 복지관, 어린이집, 시장, 방과후 교실, 자활후견기관, 장애인 복지관, 학교, 마을 공원 등 틈 나는 대로 시민들을 만나러 다녔다. 시민들의 삶을 이해하고 그들이 겪고 있는 어려움들이 무엇인지 일일이 듣고 수첩에 적어서 그것들을 어떻게 해결해줄 것인가 보좌진들과 상의하고 토론했다. 한 가정, 한 분의 삶의 어려움을 해결해내는 일이 바로 시민정치의 몫이다라고 생각하면서 말이다.

대물림되는 고통,
원폭피해자 지원법 제정을 위한 토론회
일시 | 2013. 5.28 오전 10시~12시
장소 | 국회의원회관 2층 제1세미나실
주최 | 김제남 이재영 이학영
주관 | 원폭피해자및자녀를위한특별법추진연대회의

•아무도 가르쳐 주지 않는 국회의원의 길

국회의원은 준비과정이 따로 없다. 선거에 당선되는 날부터 바로 국회의원이 된다. 시민들을 만나는 일, 조직을 하는 일, 홍보를 하는 일, 공부를 하는 일, 인터뷰를 하는 일, 질의를 하는 일, 수많은 자료를 읽어내는 일, 또 후원을 받는 일 등등 일정하게 주어진 24시간 속에서 헤쳐 나가야 할 일들이 매일매일 쏟아졌다. 당에서 간단하게 지역구 관리하는 일, 모금하는 일, 국정감사 하는 일 등에 대해서 하루 정도 오리엔테이션을 해주는 것이 전부였다.

국회의원은 새로 공부해서 하는 일이 아니라 그동안 살아온 자기 인생의 힘으로 부딪치는 일이었다. 해결해내야 하는 일이었다. 300명의 국회의원이 각자 자기 당 소속으로 되어 있지만, 국회 안에 들어와 보면 모두 각자 하나의 독립된 존재로 일을 해야 했다. 어찌 보면 협력자이고 하나의 공동체이지만 그 공동체 안에서는 각자 생존해야 하는 독립체요 서로 경쟁하는 관계일 수 있었다.

그러나 그게 참 힘들었다. 서로 협력하고 공동체를 이루어서 가야 할 텐데 각자 알아서 혼자서 해내야 한다는 게 낯설었다. 시민운동과 다른 점이라 할까, 평생 그렇지 않은 분위기

속에서 살다가 그런 삶을 살자니 낯설었다. 시민운동은 어떤 목표가 주어지면 각자 역할을 나누고 없는 돈, 없는 힘을 모아서 해결될 때까지 애써 해낸다. 물론 단체 간에 작은 경쟁이야 없을 수 없겠지만 기본적으로 어려운 일을 해내기 위해서는 함께 힘을 모으고 극복하는 일이 예사로 되어 있다. 그러나 정치는 각자 경쟁적으로 열심히 하여 그 총화가 한 당의 힘으로 결정되는 구조였다.

국회의원, 정치인의 길에는 정해진 길이 없다. 스스로 부딪치면서 원칙을 잃지 않고 가는 것일 뿐이다. 원칙은 국리민복을 위해서 일한다는 것이다. 사리사욕을 버린다는 것이다. 그러나 불행하게도 우리 사회에서 국회의원, 정치인이라는 말은 거의 외면 받는 말이 되었다. 국리민복이 아니라 사리사욕의 대명사가 되어버렸다. 그것을 회복하지 못하면 우리 사회는 희망이 없다.

실제 국회에 들어와 보니 대부분 많은 국회의원들이 열심히 일하고 있었다. 자기 상임위원회, 자기 지역의 민원과 문제를 풀기 위해 관계되는 시민들을 만나고, 간담회도 열고 법안을 만들고, 그 법안이 통과될 수 있도록 열심히 일한다. 나도 장애인들의 교통권을 확보하는 일, 일본 나가사키, 히로시마에 살다가 원폭피해를 입고 돌아온 피해자들을 지원하는 일, 하도급으로 임금을 받지 못한 건설노동자들을 보호하는 일 등, 다양한 시민들의 권익을 지키기 위한 법을 만들고 문제를 풀기 위해 노력하였다.

버리자, 대접받기를 버리자, 그리고 평범한 시민임을 잊지 말자.

몇 달이 지나가자 정신이 좀 들었다. 국회가 개원을 하고 소속 상임위원회가 정해지자 해야 할 일들이 밀려오기 시작했다. 우선 무거운 국회의원 배지를 달지 않기로 하였다. 국회의원으로서 표식이라 생각하면 별일도 아니련만 나에게는 천만 근처럼 무겁게 느껴졌다. 공적으로 주어진 권위지만 나는 평범한 시민의 입장에서 국회의원을 해보고 싶었다. 평범한 시민의 꿈을 이루는 국회의원이 되자. 권위는 마음속에 가지되 몸은 시민의 몸으로 시민 속에서 살자. 그리고 언젠가 내려놓을 때 가벼운 마음으로 내려놓자. 어차피 임시직 아니던가.

로마에서 호민관이라는 직제가 있었다. 귀족들의 원로원으로부터 시민의 이익을 지키자던 호민관제도가 있었다. 국회의원은 호민관이다. 국민들의 이익을 지킨다. 그것도 힘이 없는 국민들의 권익을 위해 일하는 사람들이 호민관이었다. 주어진 기간 동안 직분을 이용하여 최대한 열심히 하자. 이제 시민들을 편하게 만나기로 하자.

새벽이 인조 적삼처럼 창밖에 하얀 소매 자락을 드리운다. 또 하루가 시작된다. 국회의원이 되고 나서 언제나 자정이 되어야 잠자리에 들었다. 자리에 누우면 죽은 듯이 깊은 잠에 빠져들다가 눈 뜨면 새벽이었다. 그리고 로봇처럼 벌떡 일어나 빠르게 세수를 끝내고 허둥지둥 아파트를 내려가 차를 탄다.

여섯 시 반, 수리산 아래 터널을 지나 군포를 벗어나면 그새 남부순환도로엔 자동차가 가득 밀려간다. 서부간선도로로 접어들면 아예 거대한 차량의 물결이 멈춘 듯 흐르는 듯 밀려간다. 매번 그렇다. 수도권은 그야말로 자동차들의 물결로 아침을 맞는다. 국회의사당이 있는 여의도까지 빨라야 한 시간, 아니면 한 시간 반.

나는 그 시간 눈을 감고 생각한다. 나는 왜 날마다 이 길을 가는가? 나는 왜 국회의원이 되었는가? 나는 제대로 내게 주어진 일을 해내고 있는가?

도착하면 국회의원회관은 이미 시골 오일장처럼 북적거린다. 의원회관 곳곳엔 아침 세미나, 간담회 등등 많은 시민들과 국회 관련 직원들이 부산하게 돌아다니고 있다. 아침을 미처 먹지 못하고 온 직원들이 식당에서 줄을 서서 배식 차례를 기다리고 있다. 모임에서 간식을 주기도 하지만 그렇지 못한 날은 식당에서 아침을 가볍게 먹고 사무실로 들어선다.

대부분 공식 활동은 열 시에 시작된다. 하루 중요한 일을 일정표를 보면서 확인한 뒤에 신문을 펼쳐 간밤에 중요하게 일어난 일이 있었나 살펴본다. 그리고 필요한 자료들을 챙겨서 읽는다. 열 시가 되면 주로 소속 상임위원회가 있거나 본회의,

의원총회 등이 열린다. 회의 중간 중간에는 찾아온 민원인이나 관계 기관 사람들을 만난다. 그리고 지역구인 군포에서 중요한 행사가 있으면 급하게 내려갔다가 다시 올라오기도 한다. 아무래도 평소에 시민들을 만나기 어려운데 행사 때 빠지면 그나마 만나기가 더 어렵기 때문이다.

국회에서 중요한 일들이 끝나면 거의 군포로 내려간다. 저녁은 가능한 한 군포에 돌아와서 먹는다. 밤에는 다양한 행사나 모임들이 많기 때문에 거의 빼놓지 않고 참여한다.

•이 시대 '을'들을 위한 활동

지역구를 다니다보면 주로 지역발전, 지역개발, 시설들에 대한 이야기를 주로 듣게 된다. 대부분의 민원들이 천편일률적이지만 그 내용은 모두 안전하고 삶이 편한 도시, 가족들이 행복하게 살 수 있는 나라를 만들어달라는 이야기였다. 주로 교통, 주차, 생활체육시설 확대, 교육 문화 프로그램, 일자리 등등이 많았다.

제일 첫 번째 내가 해야 할 일을 찾았다. 군포시는 주변 산과 농촌지역을 빼면 도심이 사방 4km밖에 되지 않는 아담한 도시다. 1990년대 초 노태우 정권 때 신도시 500만 호 건설계획으로 조성된 분당, 일산, 평촌, 산본, 중동 5대 도시 중의 하나다. 수리산이라는 수도권에서 빼어나다고 알려진 산줄기 아래 분지에 지어진 도시는 오밀조밀하면서도 쾌적하다. 지방자치 실시 이후 이십 여 년 이상 느티나무, 은행나무, 플라타너스, 철쭉 등 많은 나무와 꽃으로 길과 공원을 가꾸어 도시 안에만 들어서면 마치 유럽의 어느 도시를 걷는 느낌이 들 정도이다.

이런 아름다운 도시에 내가 할 수 있는 일이 무엇일까? 국회에서 보건복지위원회에 소속되자 동네 자활후견기관, 장애인 단체, 어린이집과 유치원 등 아동교육기관, 방과 후 교실, 중증장애인 시설, 재가복지센터 등 많은 시설 등을 돌아보았다. 그리고 그들의 고충을 들었다.

그 다음에는 정무위원회에 들어갔다. 정무위원회는 총리실, 금융위원회, 금융감독원, 산업은행 등 국책 금융기관, 공정거래위원회, 국민권익위원회, 보훈처, 인문경제사회연구회 등 국책연구소 등을 다룬다. 금융과 독점거래를 막는 공정거래위원회가 가장 중요한 분야다. 산업화 시대를 넘어서 금융자본, 환율전쟁 등이 경제의 주요한 분야이고 국민들의 생활에 가장 밀접한 분야에서 일해보고 싶었는데 정무위원회에 오게 된 것은 잘된 일이었다. 아울러 중소기업과 영세자영업자들의 이익을 지키기 위해서 공정거래위원회를 다루게 된 것도 잘 된 일이었다. 아울러 총리실이 있어 국정 전반에 대한 자료요청과 질의를 할 수 있는 점도 좋았다. 이런 위원회에 있었기 때문에 내가 지역주민들을 위해 할 수 있는 일도 많았다.

정무위 소관에는 보험회사도 속해 있다. 시민들을 만나다보면 의외로 보험에 관련된 민원이 많았다. 최근 보험회사들과 분쟁이 부쩍 많아진 탓이다. 분쟁이 생기면 보험사들은 조정하다 안 되면 민사소송으로 넘겨버린다. 그러나 일반 소비자

입장에서는 곤혹스럽다. 재판 대응이라는 것이 시민 개개인으로서는 어렵고 돈이 드는 일이기 때문이다. 그래서 보험을 가입할 때는 보험가입자인 소비자가 왕이지만 보험을 넣어서 사고를 당하게 되면 절대적으로 을이 되고 만다.

나는 지역주민들의 보험 민원이 생기면 친절하게 상담해주고 가능하면 가입사와 조정하도록 해주었다. 그뿐 아니라, 기업이 어려울 때, 가맹점들이 본사와 불편한 일들이 생길 때, 관련 기관에 잘 안내하여 상담이나 협상을 할 수 있도록 안내해 주는 일도 할 수 있었다.

총리실은 전 부처, 기관들을 관할하고 있기 때문에 상임위와 관련되지 않은 일이라도 총리실로 요청하여 자료를 얻고 문제를 제기하여 해결을 촉구하는 일도 할 수 있었다. 용산역 주변 화상경마장 신축이전을 반대하는 주민들을 위해서 지속적으로 국무조정실장에게 질의하고 조사하도록 요청하였다. 합천에 주로 살고 계시는 나가사끼, 히로시마 원폭 피해자들을 위한 지원 촉구하는 일, 원폭피해자 특별법을 발의한 일도 정무위원회에 있었기 때문에 가능한 일이었다.

그 외에 카드 수수료 인하, 건설업체 하도급 노동자들을 위한 건설업법 개정안 제출 등은 물론이고 군포 시민들이 원하는 다양한 민원은 끝이 없었다.

국회는 법을 만들고 예·결산 심사를 하는 일이 주요한 업무다. 이러한 일들은 아주 중요하다. 그러나 한편으로 당장 어려

약자들을 위한 을지로 위원으로서 아모레퍼시픽 대리점 피해구제를 위한 국정감사.

운 일을 당한 사람들을 위해 문제를 해결해주는 일도 중요하다. 민생정치가 바로 그것이다. 다양한 민원현장에 찾아가서 어려움을 해결해주는 일들이 그것이다.

새정치민주연합에 '을지로위원회'가 구성되었다. '남양유업사태'가 일어나자 우리당 국회의원들은 자영업자들, 대리점과 가맹사업자들이 겪는 고통에 적극적인 관심을 갖게 되었다. 2014년 국정감사에서 나는 아모레퍼시픽 대리점들의 문제를 의제로 삼았다. 피해점주들의 피해사례를 듣고 그것들을 해결하기 위해 국정감사장에 아모레 사장을 불러내어 시정을 하도록 요구하였다. 마침내 아모레대리점협의회가 구성되어 상생협약을 맺을 수 있었다.

을지로위원회 활동을 하면서 나는 과천의 마사회를 찾아가서 말을 관리하는 마필사들이 어떻게 봉건시대의 농노들처럼 어려운 사정에서 일하는지를 알았다. 인천공항공사를 찾아가서 세계 일류라는 인천공항이 1등 공항이 되기까지 얼마나 수많은 인천공항 노동자들이 하청업체에서 단기계약 비정규직으로 힘들게 일하고 있는지도. 우체국 집배원들이 옷만 우체국직원일 뿐 개인사업자로 택배물 한 개에 겨우 몇백 원씩을 받으며 삶을 버티고 있는지 등등 수많은 현장의 비참한 사례들을 보았다.

그래서 을지로위원회가 배당한 사건들 하나하나를 챙기기 시작했다. 나는 앞으로도 이 땅에 하루하루 벌어먹고 살기 위해 일하는 수많은 사람들이 당당하게 일하고, 일자리가 없으면 국가의 지원 아래 함께 살아가는 세상을 위해 무언가 공익적인 기여를 하게 하여, 모두가 한 가족처럼 살아갈 수 있는 대한민국을 만들기 위해 이런 일을 계속해나갈 것이다.

LH
견인지

•아담한 보행자 중심의 도시, 군포

대한민국은 지난 30여 년간 개발공화국이었다. 급격한 산업화는 공장지대가 있는 도시를 급속하게 팽창시켰다. 산업화 초기 저곡가정책을 실시해서 농촌의 인구를 도시로, 도시로 쫓아냈기 때문에 처음에는 서울과 울산, 포항, 창원 등지의 도시들이 커지기 시작했다. 거기다가 자식들을 도시로 보내야 성공한다는 전통적인 교육열까지 더해져 지방의 거점도시들로 인근 농촌의 젊은 세대들이 몰려들었다. 1960년대에는 농촌인구가 58.3%였다. 당시 앞으로 산업화정책을 통해 농업에 종사하는 인구를 처음에는 25%로 줄이겠다는 말을 들었을 때는 믿기지 않았다. 설마 그렇게 많은 인구가 농촌에서 빠져 나가겠는가 의문이 들었다. 그런데 나중에는 5%까지 줄인다고 해서 그때는 정말 그것이 가능할지도 모른다는 생각을 했다. 너무 급속하게 줄었기 때문이다. 실제가 되었다. 지금 농촌인구는 줄고 줄어서 0.595%, 1,817명 정도밖에 안 된다(2007년).

그런 과정에서 가장 늘어난 곳이 수도권이다. 현재 대한민국 인구의 반이 서울을 중심으로 한 주변도시에 살고 있다. 1988년 올림픽을 준비하는 과정에서 서울을 현대화해야 한다는 이름으로 서민들이 살던 산동네를 개발하면서부터 급속하게 서울로부터 인근 외곽 농촌으로 인구 밀어내기 정책이 시도되었다. 아파트개발로 그곳에 살 수 없는 가난한 사람들은 집값이 싼 서울 주변도시로 밀려나가야 했다. 대한민국의 주택정책은 정부의 공공토지개발과 대단위 아파트 건축을 하는 것이었다. 그러면서 부동산 경기 부양을 통해 한국경제 전반을 성장과 상승세로 몰아왔다.

그래서 우리나라 수도권 도시들은 차분한 자발적 도시계획을 거쳐 만들어진 것이 아니었다. 대부분 사람들이 밀려와서 집을 짓고 살다가 나중에야 도시계획을 통해 재정비하는 방식으로 되었다. 그러다 보니 온 산천과 농토가 살풍경하게 파이고 깎였다. 슬레이트지붕의 날림식 공장 건물, 그 주변의 길을 따라 들어선 시멘트 주택들, 민가 위로 지나가는 철탑들, 그 안에 여기저기 남아 있는 논과 밭, 축사들 천지였다. 1970년대부터 이렇게 확장된 수도권 도시들은 최근까지도 지속적으로 확장을 계속해왔다.

오늘의 군포시는 원래 시흥군 남면이었다. 이후 군포읍으로 승격하였다가 도시화가 진행되면서 1989년 군포시로 독립하였다. 서울이 커지자 서울과밀을 해소하고 부족한 수도권 주택난을 해소하기 위해 노태우 대통령 시절 신도시 주택 300만호 건설계획이 발표되었다. 그 대상지역으로 군포가 포함되었다. 그 후 25년이 되는 오늘의 군포시는 전국에서 빠지지 않은 쾌적하고 깔끔한 도시가 되었다. 숲과 우거진 가로수와 철쭉

꽃이 어우러져 도시 전체가 잘 다듬어진 공원이 되어 있다. 수리산 바로 아래 8단지 9단지 중앙도서관 주변 숲길, 산본2동 아파트 숲길, 능안공원 안에 들어가면 도시가 아닌 산속에 들어선 느낌을 준다. 가을날 아파트 숲길을 걸어가다 보면 유럽의 오래된 도시를 걷는 것처럼 고풍스러운 느낌까지 들게 한다. 앞으로 더욱 숲이 우거지게 하고 가로수를 잘 관리한다면 도시 구경만으로 전국에서 관광객들이 몰려드는 날이 올 것이다. 지금도 4호선 수리산역은 주말이면 수많은 다른 도시의 시민들이 수리산에 오르기 위해 왔다가 내려올 때는 잘 가꾸어진 거리를 산책하는 등산객들을 많이 볼 수 있다.

처음 군포에 와서 또한 놀랍고 기분 좋았던 것은 많은 사람들이 걸어 다닌 다는 점이었다. 특히 주말이면 시내 중심상가 광장으로 유모차를 밀거나 삼삼오오 걸어서 몰려드는 여성들, 청소년들, 어르신들의 모습을 볼 수 있다. 도시가 아담하여 걷거나 마을버스로 두세 정거장만 가면 곧장 시내로 나갈 수 있다. 외곽 농촌지역인 대야미에는 주말농장을 하는 시민들, 자전거를 타거나 신선한 공기를 마시며 산책하는 시민들, 야외 나와서 차나 식사를 하는 시민들로 붐빈다. 도시 한가운데 예전에 산본천이 흘렀는데 신도시가 만들어지면서 복개되어 지금은 도로로 쓰이고 있다. 군포시가 재정적인 여력이 있으면 복개를 철거하고 친환경 수변구역으로 만들 구상을 하고 있다니 그렇게 된다면 산과 개울이 어우러진 더욱 아름다운 도시를 만나게 될 것 같다.

•시민의식과 정체성이 살아 있는 도시, 군포

나라건 도시건 어떤 공동체건 그것이 발전하려면 환경적 조건도 중요하지만 그 안에 살아가는 주체들의 정체성과 의식이 가장 중요한 요소라고 생각한다. 자원과 자연환경이 같은 조건이라고 하더라도 그 나라를 구성한 국민들의 자세와 비전이 발전적이고 근면하지 않으면 그 나라가 융성할 수 없다. 자원과 물산이 풍부한 남반구 나라들도 많지만 척박한 환경에서 살아간 북구라파나 대한민국이 더 빨리 성장하고 사회적 안정을 이룬 것은 그런 사례일 것이다. 그러나 객관적 환경적 조건은 좀 나쁘더라도 그 나라를 구성하는 국민들이 부지런하고 진취적인 생각을 가지고 있으면 발전할 수밖에 없다.

지역도 마찬가지라고 생각한다. 그 지역에 살고 있는 주민들의 정체성이 분명하고 지역중심의 발전을 위해서 노력하는 사람들로 구성되어 있을 때 그 도시는 발전한다. 그동안 수도권 도시들은 본인들의 자발적 선택보다는 부동산개발과 주택건설, 직

군포 시민 축제에서 시민들과 함께.

장 등등 객관적인 여건에 따라 이동하면서 살아왔다. 그러나 수도권 도시들이 건설된 지 삼십여 년이 되고 부동산개발에 의한 성장세도 안정화되면서 이제 과거처럼 주민들이 부동산가격에 따라 빠르게 이전하는 것은 점점 줄어들고 있다.

군포에 와서 가장 놀랍게 느낀 것은 군포의 주민으로서의 정체성이 분명해졌다는 것이다. 아직도 상당수의 젊은 층들은 자녀교육이나 아파트가격에 따라 이주하면서 살고 있다. 그러나 도시개발 초기에 이주해서 현재까지 거주하는 중장년층, 노인층, 그리고 여기서 자란 자녀들은 이미 군포 시민이라는 의식을 분명하게 가지게 되었다. 따라서 지역발전에 대한 관심도 높다. 내가 전략공천을 받고 내려오자 언제까지 우리 지역의 정치적 지도자를 외부에서 데려와야 하는가에 대한 반발하는 시민들을 다수 만났다. 이미 지역 정체성이 생기고 있다는 증거이다.

시민들의 자기정체성이 생기면 지역발전에 대해 고민하는 사람들이 생겨나게 마련이다. 처음에는 마을단위, 아파트 단위에서 참여하는 사람들이 나타난다. 우선 지방자치단체의 풀뿌리 행정조직 역할을 하는 통반장, 주민자치위원, 기존의 관지원조직인 새마을지도자협의회, 바르게살기협의회 등으로 시작하여 각종 부문별 기능조직, 상공회의소, 경영인협의회, 상인협의회 등을 통해서 지역단위에 대한 문제해결과 논의가 시작된다. 자발적으로 각종 풀뿌리시민조직들이 형성되어 자기 문제해결을 위한, 환경, 교육, 소비자 등의 민간조직들이 태어나 활성화된다.

군포시는 신도시 초기에 쓰레기 소각장 건설문제로 주민운동이 활발하게 일어났던 경험을 가지고 있다. 당시 수많은 시민들이 도시 인근에 소각장을 짓는 데 반대운동을 하였다. 그러면서 서로 하나의 공동체라는 인식을 하게 되고 그때 함께 했던 많은 시민들이 지금까지 서로 유대의식을 가지고 도시를 이끌어가는 많은 민간조직에서 일하고 있다.

그런 경험에다가 군포시가 적극적으로 자원봉사활동을 장려하고 지원하여 수많은 자원활동가와 조직이 많다. 현재 자원봉사센터에 등록되어 있는 자원봉사자 수만도 5만 명이 넘어가고 있다. 대단한 수가 아닐 수 없다. 이런 시민들의 자발적 참여역량을 어떻게 더 발전적으로 확산시키고 질을 높여가는가가, 앞으로 지역발전의 중요한 관건이 될 것이다. 이 역량들을 지원하고 스스로 교육하여 지역발전에 순기능을 할 수 있을 때 똑같은 중앙정부 예산과 정책적 지원 아래서 다른 지역보다도 앞서서 발전할 수 있을 것이다.

그런 주민들의 자발적 역량으로 아이들 키우기 좋은 평생학습 도시, 시민들이 행복하게 여가생활을 즐길 수 있는 문화, 예술, 체육 도시, 가난하고 소외받는 사람들이 없는 복지 도시를 지향하며 활동해간다면 대한민국에서 제일가는 행복도시를 이룰 수 있을 것이라 확신한다.

•지역의 복지총량 확대와 일원화된 복지 돌봄 시스템

지역사회에는 복지를 필요로 하는 주민들이 있다. 직업 활동을 하는 경제인구 말고는 모두 누군가가 돌봐주고 지원하지 않으면 생활을 할 수가 없다. 한 가정을 보더라도 태어나서 유아기에는 보육 돌봄이 필요하다. 초·중·고등학교에 들어가면 의무 교육이라고 하지만 여전히 주거와 생활의 돌봄이 필요하다. 학교를 졸업하면 취업하거나 취업을 못하면 공적영역이나 사적영역에서 취업을 할 수 있도록 지원하는 취업지원 교육 시스템이 국가나 지방자치단체에 있어야 한다. 직장을 퇴직하는 나이가 되면 나이에 맞는 활동 거리나 역할이 주어져야 한다. 제2인생을 시작하도록 해주어야 한다. 활동이 불편하고 거동이 불편한 장애인 노약자들에게는 의료 돌봄, 생활 돌봄이 필요하다. 이런 가운데서도 갑작스런 경제적 기타 위기상황에 빠져 가정생활이 불가능하고 해체 위기가 있을 때는 긴급지원 시스템이 있어야 한다. 직업이 없는 해고자들에게는 최소한의 삶을 유지 가능케 해줄 수 있는 지원이 필요하다. 그리고 모든 구성원들에게 적절한 주거와 의료 돌봄 시스템이 소득의 여부와 상관없이 주어져야 한다.

이러한 체계를 만드는 것은 개인에게만 맡겨서는 불가능하

군포시노인복지회관

다. 우선은 국가와 지방자치단체가 돌볼 수 있는 공적지원과 체계가 필요하다. 그러나 한정된 예산을 가지고 이 모든 것을 만족스럽게 운영한다는 것은 당장에는 어렵다. 기본적으로 경제의 성장이 필요하고 두 번째로는 세수증가와 더불어 예산의 배치가 필요하다. 이 모두 정치사회적인 구성원의 노력과 동의가 있을 때 가능하다.

이 모든 것을 공적시스템에만 맡겨서는 힘들다. 자율적인 지역공동체의 자조적 능력이 필요하다. 그것이 지역주민 모두의 합의와 자발적 자조협동 프로그램이 가능해져야 한다. 지역사회 구성원이 가지고 있는 역량을 최대한 발휘할 수 있는 공동체 의식과 자원봉사 체제가 갖추어져야 한다. 적절한 돌봄 체계가 가능하도록 지역공동체 구성원의 역량을 모아내고 그것을 효과적으로 일원화된 관리체계를 세워야 한다. 자발적 복지도시 구상을 만들고 그것을 가능케 할 지역자원 동원 체제를 만들어야 한다.

모든 자발적 시민들의 역량을 컴퓨터에 입력해놓고 도움과 역할이 필요한 일이 있을 때 바로 거기에 알맞은 역량을 가진 시민들을 그곳에 보내서 지원 협동하게 해주는 것이다. 갑자기 실직하였는데 제대로 된 실직수당을 받지 못하여 가정이 생활비가 떨어졌을 때, 자치단체에 지원기금을 동원하게 하고, 풍수해, 화재 등 재해가 일어나서 주거가 불가능해졌을 때 지역사회 적절한 공간으로 이주를 시키거나, 주거환경이 어려운 가정에 주거개선을 자원봉사 할 수 있도록 한다. 돌봄이 필요한 노약자가 있는 경우 비용을 부담한 돌봄 지킴이를 이용하도록 하면 되지만 그것이 갑자기 불가능한 경우 자원봉사자로 하여금 일시적인 돌봄을 하게 할 수도 있다.

• 지속가능한 지역에너지 체제를 만들어야 한다

우리나라는 석유나 가스 등 화석에너지를 이용하여 국민들의 에너지 수요를 감당하고 있다. 그중에서 30.37%는 원전에 의해서 공급을 하고 있다. 그러다 보니 생태 환경적으로도 문제고, 막대한 수출을 해서 외화를 벌어들이지 않으면 언제든지 에너지위기를 맞아야 할지도 모르는 해외 에너지 의존 국가이다. 또한 해안가에 있는 원자력발전소나, 화력발전소, 수력발전소에 의존하다보니 장거리 수송체계를 가지고 있다. 최근 사회갈등 문제로 떠오르는 밀양 송전탑건설 반대운동은 그런 데서 일어나는 갈등이다.

장기적으로는 새로운 에너지 개발을 하지 못하면 새로운 성장국가로 갈 수가 없다. 그리고 지속가능한 에너지국가로 갈 수도 없다. 장기적으로 분산형 지속가능에너지 사회로 변해야 한다.

우선 지역사회를 저에너지소비 사회로 바꾸어야 한다. 주택과 수송교통에서 에너지를 적게 사용하는 노력을 해야 한다. 단열을 제대로 해서 열손실을 적게 하는 패시브주택, 태양광전기, 태양열 등을 이용한 난방 등을 확대해가야 한다. 교통도 도보나 자전거가 활성화되고 최소한의 대중교통 체제를 잘 만들어야 한다. 국가나 지방자치단체가 그런 일을 하도록 지원해야 한다. 그리고 저소득층들은 더운 여름과 추운 겨울을 나는 일이 어렵다. 이런 에너지빈곤층을 위한 장기적인 대책도 필요하다.

•사람이 행복한 군포시를 꿈꾸며

시민정치는 시민이 한 사람도 불행하다고 느끼지 않도록 해주는 일일 것이다. 시민들 중 그 누구도 돈이 없어 밥을 굶거나 잠자리를 구하지 못하거나 치료를 받지 못하는 일이 일어나지 않게 해주는 일일 것이다. 왕조사회가 아니라 민주사회의 국가라면, 적어도 국민의 안전과 생명이 위협 당하는 일이 없도록 해주어야 한다.

나라는 집과 같은 것이다. 한 나라 안에 사는 사람은 누구나 같은 형제로서 보호받고 자신의 생명을 안전하게 유지할 수 있어야 한다. 그렇게 해줄 때 비로소 시민들은 공동체, 나라를 위해서 헌신하고 희생할 것이다.

그런 점에서 세월호 사고는 우리들의 가슴을 후벼 판다. 내 자식을 두 눈 번히 뜨고 차가운 물속에 죽어가게 두었다는 부끄러움. 내 어린 자식들을 보호해주지 못했다는 아비와 어미로서의 고통과 슬픔. 내가 살고 있는 나라가 내 자식 하나 살려내지 못했다는 실망감과 배신감.

이제 정치는 시민들의 삶을 보호하고 지켜주는 정치가 되어야 한다. 시민 정치의 목적은 바로 그런 나라, 그런 사회를 만드는 일이다. 복지국가를 만든다는 것은 그런 점에서 정책의 문제가 아니다. 국시가 되어야 한다. 국시는 통일을 뛰어넘어 복지국가 건설이 되어야 한다.

농경사회였던 왕조시대에도 흉년이 들면 나라에서 평소에 쌓아두었던 구휼미를 풀어서 백성들이 굶어죽지 않도록 했다. 우리의 현주소는 어떠한가? OECD 국가 중 최고의 자살률을 보여주는 대한민국, 그러면서도 전혀 부끄러워하지 않는 대한민국. 적어도 이런 나라를 만들자고 우리 선조들이 해외에서 죽어가면서 독립운동을 하지는 않았을 것이다.

"보건복지부에 따르면, 2007년부터 2011년까지 5년간 우리나라 자살 사망자수는 7만 1,916명이라고 한다. 최근 전 세계에서 발생한 주요 전쟁 사망자(민간인+연합군) 수보다 최소한 2배에서 많게는 5배에 달한다. 이라크전쟁 사망자 3만 8,625명보다 약 2배 정도 많고, 아프가니스탄 전쟁 사망자 1만 4,719명에 비하면 약 5배에 달한다.

문제는 이처럼 많은 자살 사망자 숫자조차 정작 전체 자살 문제 중 빙산의 일각에 불과하다는 것이다. 연간 자살 사망자는 약 1만 5,000명 가량이지만, 자살을 생각하는 사람은 약 500만 명, 계획하는 사람은 약 200만 명, 자살을 실제 시도하는 사람만 약 15~30만 명에 달한다는 게 복지부의 집계다."[7]

---

7 아시아경제, 2015. 10. 4.

자살의 대부분은 경제적 이유로 노약자, 청소년들이 대부분이었다. 이것이 지난 50여 년 전쟁의 잿더미 위에서 기적을 이루었다는 한국사회의 뼈아픈 현실이다. 이제 이런 상태를 더 이상 지속시켜서는 안 된다. 당연한 일이라고 생각해서도 안 된다. 소득 3만 불을 바라본다는 대한민국에서 이렇게 많은 사람들이 경제적 이유로 절망하여 스스로 목숨을 끊게 하는 일이 있어서는 안 된다. 경기가 나쁘다는 탓으로 돌려버려서는 안 된다.

가족들은 아버지가 실직을 했다고 해서 밥을 안 주는 일은 하지 않는다. 할머니가 몸이 아프다고 방치하지는 않는다. 자식이 공부 못한다고 학교를 그만두게 하지는 않는다. 없으면 없는 대로 함께 나누어 먹는 것이 가족이다.

국가도 넓게 보면 확대된 가족공동체이다. 복지국가는 소득이 5만 불일 때까지 기다렸다가 일시에 만드는 일이 아니다. 만 불 시대에는 만 불 시대에 맞게, 2만 불 시대에는 2만 불 시대에 맞게 가장 급한 곳부터 복지의 이불을 덮어주어야 한다.

그런 점에서 군포시는 현재 어려운 예산 속에서도 약 5천 명의 독거노인들을 재가복지센터 정보시스템으로 파악해 놓고 5~6백 명의 가장 어려운 독거노인들을 각 동 복지사들과 자원봉사조직들을 통해 돌보고 있다. 예산을 세워 위기가정이 발생하면 지원하는 시스템도 갖추어 놓고 있다. 통 반 조직을 통해서 골목골목 어려운 사람들이 없는지 꼼꼼하게 파악하고 있다.

앞으로도 자치단체와 민간단체들이 유기적인 협조체제를 강화해간다면 적어도 군포시에서만큼은 의식주 때문에 고통받는 가정이 없는 지역사회가 될 것이다. 능력이 있는 사람들은, 재산이 있거나 소득이 있는 사람들은 스스로 열심히 일할 수 있게 기회를 만들어주면 된다. 그러나 그렇지 못한 사람들은 국가나 지방자치단체가 위기와 절망에 빠지지 않도록 최소한의 삶을 지탱할 수 있도록 해주어야 한다.

군포 시민들을 그러한 도시에서 살 수 있도록 해야 한다. 그리고 능력이 없고 벌이가 없는 사람들을 위해서만큼은 국가가 돌볼 수 있도록 해주어야 한다. 시민정치의 목적은 바로 모든 국민들이 미래의 위기, 미래의 절망을 염려하지 않고 얼마든지 도전하고 살아갈 수 있도록 해주는 일일 것이다. 내가 이루고자 하는 정치는 바로 이런 것이다.

미래가 없다고 절망하지 않는 나라, 누구나 도전하면서 희망을 가지고 사는 나라를 만드는 것.

Vision

시민정치는 시민이 한 사람도 불행하다고 느끼지 않도록 해주는 일일 것이다. 시민들 중 그 누구도 돈이 없어 밥을 굶거나 잠자리를 구하지 못하거나 치료를 받지 못하는 일이 일어나지 않게 해주는 일일 것이다. 그렇게 해줄 때 비로소 시민들은 공동체, 나라를 위해서 헌신하고 희생할 것이다.

내 안에 뜨거운 불꽃 하나, 환희의 아침을 기다리며

국회의원을 하면서 늘 미안한 사람들이 많다. 특히 시민운동을 같이하던 선후배들에게 참으로 미안하기 짝이 없다. 새로운 정치개혁을 위해 무슨 일인가 해줄 것이라 기대했을 텐데 전혀 그런 역할을 하지 못했기 때문이다.

그러나 국회의원으로서 나름대로 쉬지 않고 열심히 하였다. 법을 만들고 약자들을 위한 예산을 세우고 지역주민들을 위해 힘닿는 대로 예산을 따는 일에 힘썼다. 시민들에게 군림하는 정치인이 아니라 친구 같고 심부름꾼 같은 정치인이 되기 위해 늘 나 자신을 경계하며 지냈다. 목소리가 크지 않아도, 꼼수 부리지 않아도, 착한 이웃집 아저씨처럼 늘 시민들과 함께하고자 하는 노력을 해왔다.

늘 부족해서 우울하기도 했지만 부패하지 않은 정치인, 착한 정치인이라는 소리를 들을 수 있다면 나는 그것으로 만족한다.

그 힘으로 시민들의 믿음을 얻고 착한 정치, 삶을 행복하게 하는 정치로 만들어나갈 것이다. 내 젊은 날 무서웠던 국가권력을 국민의 친한 친구요 든든한 지킴이로 바꾸어갈 것이다.

내 안에 한시도 쉬지 않고 타오르던 불꽃이 있었기에 오늘까지 나는 살아서 숨 쉴 수 있었다. 사랑하는 이들이 사는 내 조국이 그리고 이 세상이 살 만한 세상이 되게 만드는 일, 그 일에 내가 조금이라도 기여해야 한다는 생각. 그 노력의 결과가 내 어머니와 같은 사람들, 내 아내, 내 누이 같은 사람들이 눈물 흘리지 않고 살아가는 세상을 만들어야 한다는 생각. 내가 물려 줄 한반도의 내 아이들, 또 그 아이들의 아이들이 전쟁과 가난의 공포가 없는 세상을 살게 해주어야 한다는 생각. 물 맑고 산 좋은 이 금수강산을 온전하게 생명이 살아 넘치는 산천으로 물려주어야 한다는 생각. 인간의 탐욕으로 짓밟히고 부서진 생명의 존엄성을 다시 세우고, 사람의 온기 따뜻한 공동체의 나라를 만들어야 한다는 것. 그것이 나를 오늘까지 버티게 해준 힘이 되었다. 이 불꽃을 내 가슴속에 꺼뜨리지 않고 살아갈 것이다.

긴긴 날 감옥 안에서 나를 버티게 해준 희망의 시 한 편을 적어본다.

그 아침을 기다리며

울지 마세요, 어머니
오늘 우리가 뿌린 눈물
오늘 이 거리에 쏟은
눈물의 바다
언젠가 찬란한 봄이 오는 날
꽃으로 피어
꽃무리 넘치는
바다를 이룰 거예요
오늘 어머니들 품 속에서 빼앗겨
쫓기고 두들겨 맞고
끌려가던 아이들이
돌계단 위에서 짓밟혀
쓰러져 울던 아이들이
광화문에서, 종로에서
아니 이 나라 거리란 모든 거리에서
철벽같은 쇠붙이 다 거두어내고
고운 흙에
새로운 꿈의 씨앗을 뿌리고 가꾸어
시냇가에 반짝이는
세모래보다도 더 고운

환희의 아침
눈물의 그 아침
빛나는 조국을 가져올 거예요.

가을이다. 이제 국회의원으로서 네 번째 국정감사를 치렀다. 생전 가을이 어떻게 오는지도 모르고 살았다. 다행히 내가 살고 있는 군포는 멀리 나가지 않더라도 산으로 둘러싸여 있어서 아침저녁 출퇴근하면서 계절을 느낄 수 있다. 오늘은 가을비가 내린다. 아름다운 산천이다. 아름다운 조국이다. 이런 아름다운 땅에서 아름다운 나라를 만들어야지.

가을 산천에 부쳐

조국의 가을 하늘은 높고도 맑아
올려다만 보아도 그렁그렁 눈물이 고입니다
이제는 폐촌이 된
남녘 바닷가 작은 마을에서부터
노령을 타고 위로 위로 달려
태백의 큰 줄기, 이어 백두에 이르기까지
이 땅의 너른 잎나무란 모든 너른 잎나무는
바야흐로
사람과 사람이 만나 지은 고운 인연들이
모여, 마을을 이루고
작은 등불을 켜 한 세상을 이루듯이
단풍 들어 온 산천

눈부시게 물들이고 있을 것입니다

한순간인들 떼어 두고 돌아설 수가 없습니다
아가들의 투명한 눈빛을 외면해 버릴 수 없듯이
이 산천 버려두고 눈 감을 수가 없습니다
비록 한때, 이렇듯 능욕당하고 짓밟혀
빈사의 숨 받쳐 쉴지라도
그곳은 골골이
오랜 세월의 한과 눈물이 빗어놓은 땅이요
그 살붙이의 결 고운 숨결을 타고난 우리의 아이들이
강물처럼 이어 숨 붙여 살아갈
땅이기 때문입니다

이제 지상에 잎이 져 내리고
긴긴 어둠의 계절이 오면
나무들은 다시 땅속 깊이 뿌리를 내리며
찬바람 부는 세상 그 어디
불빛을 향해
보이지 않는 순례의 길을 떠날 것입니다
두껍게 덮인 나뭇잎 그 푸근한 땅 밑에

뿌리들은 또다시 너른 세상을 뒤덮을
새로운 나뭇잎을 준비할 것입니다.

정치를 하건 시민으로 돌아가건 이제 내 삶은 덤으로 사는 삶이라 생각하고 살고 있다. 가족을 위해서, 공동체를 위해서 내가 가진 힘을 조금이라도 보태면 그것으로 만족할 것이다. 내가 꿈꾸는 세상, 내가 꿈꾸는 나라를 만들기 위해. 국가권력이 억압자가 아니라 국민을 지켜주는 수호자가 되게 하는 일, 남과 북이 빨리 평화체제를 이루어서 전쟁의 공포로부터 벗어나게 하는 일, 능력이 좀 부족하고 일자리가 없는 사람일지라도 무언가 공동체를 위해 기여하면서 세끼 먹을 것, 입을 것, 잠잘 것을 걱정하지 않고 살 수 있게 해주는 나라를 만드는 일, 이 땅에 태어난 아이들 모두 희망을 가지고 즐겁게 살아갈 수 있는 세상을 만들어 주는 일. 그런 나라, 그런 공동체를 만들기 위해 조그만 힘이라도 보태며 살아갈 것이다. 산다는 것이 슬픔이 아니고 기쁨이 되는 그런 세상을 만들기 위해 살아갈 것이다.

세계가 만약 하나의 집안이라면

세계가 하나의 집안이라면
난 하늘같은 솥을 하나 걸겠어
한쪽 발은 히말라야 봉우리에 걸치고
다른 한쪽 발은 안데스 산줄기에 걸치고
그 커다란 솥단지에
산봉우리처럼 가득 하얀 쌀을 들이붓고
온 세상의 아이들더러
마른 나뭇가지를 주어오라고 해서
따뜻한 불을 지펴 밥을 지으며
옛날이야기를 해주고 싶어
애들아
만약 우리들의 아버지가 하나라면
이 밥을 지어서
누구는 주고 누구는 굶주리게 하겠니?
누구는 따뜻한 방에 재우고
누구는 길바닥이나 들판에서 추위에 떨게 하겠니?
그 이야기를 들으며
하얀 쌀밥으로 배를 채운 세상의 모든 아이들이
어느덧 쌔근쌔근 잠이 들 테지
하나의 집, 하나의 아버지를 꿈꾸며

느림우체통
편지는 1년후에 배달됩니다
"사랑하는 이에게 소중한 추억을 전하세요"

내일도 어김없이 주어질
따뜻한 쌀밥을 꿈꾸며
안심하고 깊은 잠에 떨어질 테지.

이학영,
세상을
사랑하였네

초판 1쇄 찍은 날 2015년 10월 26일
초판 1쇄 펴낸 날 2015년 10월 29일

지은이 이학영
펴낸이 송광룡
펴낸곳 도서출판 심미안
주소 501-841 광주광역시 동구 천변우로 487(학동) 2층
전화 062-651-6968
팩스 062-651-9690
메일 simmian21@hanmail.net
등록 2003년 3월 13일 제05-01-0268호

값 15,000원
ISBN 978-89-6381-156-7 03800